随筆集　**深層の記憶**

野中　康行

*Yasuyuki Nonaka*

# まえがき

# 深層の記憶を拾う

『過去が遠くなるのではない。現在という瞬間にも、時間は層をなして積み重なっていくものである。年を重ねるということは、味わうことができる過去が増えるということで、それが年をとる醍醐味ではないか』

と、池田晶子（哲学者）が言う。たしかに、私には、70余年の積み重なった時間の層がすでにあり、これからもいくらかは増えていくだろう。それだってたいした量ではない。味わうことができる層がいくらあっても、なかの記憶が消えてしまっては、年をとる醍醐味を味わうこともできまい。

一昨年（2017年）8月、前年に出版した本『記憶の片すみ』で岩手県芸術選奨をいただいた。受賞式後の懇親会で知事から、「最初の本が『記憶の引きだし』で、今度は『片すみ』ですか。記憶がだんだん遠のいていますね」と言われた。「そのうち、消えてなくなるかもしれません」と応じて笑ったが、何気なく話したその後に、今のうちに書いておかなければ本当に記憶が消えてしまいそうな思いにかられた。高齢者の「後期」に入った今、過去の記憶はどんどん薄らいでいくし、この先もそう長くない。そんなせっぱ詰った焦りのようなものが自分のどこかにあったからなのだろう。

前著のまえがきに「文章を綴るということは『自分史』を綴っているようなものだ」と書いたが、自分の記憶と自身で見て感じたことを綴ったものを、内容ごとにまとめてみれば、いつどこでどんなことがあったかはもちろん、自分がどこで生まれどう育ちどんな思考の持ち主かが分かるだろう。通史ではないが、これも自分史と言えるのではないか。こんど出版するときはそうしてみようと考えていた。あの会話を気にしながら2年近く経って、そのつもりで編んでみたのがこの本である。

章立はおおざっぱだが、家族・ふるさと・自然・詩歌・社会・政治・人生の7章に分けてみた。だいたいは2016年11月以降に書いたものだが、自分の歴史を分かりやすくするために、過去に出版した『記憶の引きだし』（2006年1月）・『リッチモンドの風』

（2012年11月）・『記憶の片すみ』（2016年10月）から何編か補記し再録した。
この本が「自分史」のようになっているかは自信がないし、不正確な部分もあるだろう。だが、同じ時代に生き同じような経験の持ち主だったら私と同じ思いがどこかにあるはずである。これを読んでいただいた方が、自分の懐かしい過去を思い出し、共通の思いに触れていただければ幸いである。

幼いころの遠い記憶でさえ、何らかのきっかけで突然よみがえるものだ。深層の過去に、まだまだたくさんの記憶があるに違いない。それ見つけて懐かしむのも人生の醍醐味なら、これからもそれを探し求めていきたいものである。

著　者

目次

随筆集　深層の記憶　目次



## I　旅立ち

## Ⅳ 月夜の晩に

## V 土地に残した記憶

## VI 深海の大魚

## Ⅶ 君の名は

# Ⅰ 旅立ち（家族）

# 雪の大晦日

やはり郷里で正月を迎えよう。そう決めたのは大晦日の昼ごろだった。すぐ準備をして、午後2時ごろ仙台を発った。

だいぶ空いてきた東北自動車道を北上して、一時間ほどすると岩手県に入る。そのころから気温が急に下がり、北上市を通過するあたりから、一面の雪景色となった。木々に乗った雪が枝をゆらして落ちるのが見えた。盛岡の少し手前、紫波インターをおりたのが午後4時過ぎ、夕闇が迫っていた。

田舎は深い雪に埋もれていた。道路も降ったばかりの雪におおわれ、一瞬、道を見失いそうになる。両脇が1メートルも盛り上がっているその間が道路だ。照らすライトの先にほとんど埋もれてしまった轍（わだち）が見える。目をこらしてそれを追う。

ついさっきまで耳についていたタイヤの音と、車の風を切る音もない。ヒーターのファンが回るかすかな音だけで、エンジンの音さえ聞こえない。冷たい風がホコリを巻き上げていた喧騒の仙台から、静寂の別世界に入り込んだようだ。

こんな雪深い田舎を見たのは何年ぶりだろうか。遠い昔のような気がする。ラジオで聞き覚えた歌を思い出した。

雪の降る町を　雪の降る町を
思い出だけが　通りすぎてゆく
（『雪の降る町を』作詞・内村直也　作曲・中田喜直）

右手向こうに、生家の明かりが見えてきた。

目を凝らして曲がる道路を探す。杉の葉をくくりつけた長い棒が見えてきた。道路両わきに2本立ててある。道を見失わないための目印だ。

昔は、雪が深くなると父や母に言われて、子供たちが屋敷の近くまで道に沿って何本も立てたものだが、今は2本だけだった。私が帰ると伝えていたから両親のどちらかが立ててくれたのだろう。

着ぶくれした母が一人で正月料理をつくっていた。

石油ストーブと煮炊きしている熱で、台所の窓ガラスは水滴が流れ、天上には湯気がたちこめている。

「ずいぶん多いね」

と言ったら、

「いつもと同じだ」と、母は笑う。

横浜に住む姉も末の妹も今年は帰って来ない。近くに嫁いだ妹たちも来るのは二日か三日だと言う。来たら持たせてやるから、いつもの年と同じ量でいいのだと、相変わらずの母だ。

雪の降る町を　遠い国から　おちてくる
この想い出を　この想い出を
いつの日か包まん　あたたかき　幸せのほほえみ

今年の大晦日は、昔と同じだ。

雪の深かった大晦日の記憶がそうさせるのだろうが、掘こたつで食べる料理の種類も味も変わっていない。ただ、昔のにぎやかなだんらんはない。

老いた両親と酒を飲みながら、会話の少ない大晦日を過ごした。

その間、屋根の雪がすべり落ちる音を、何度か聞いた。

《月刊「ずいひつ」昭和56年6月号》

# とろろ芋

「芋ほりを手伝ってくれ」

11月の初め、父から電話があった、横浜の姉も、近くに嫁いだ妹たちも手伝いに来ると言う。

「わかった。帰る」

その週の土曜日、仙台から、車で両親の住む岩手に帰った。

芋というのは、とろろ芋のことである。とろろ芋は地中深く、地表から5、60センチも下の粘土質の層まで伸びる。これ以上伸びることができないから、そこで止まったと思うくらいだ。太さは握りこぶしぐらいで、形状は、ずんぐり型、ほっそり型、ひねくれ型とさまざまである。

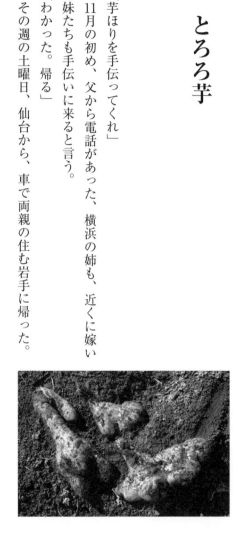

とろろ芋は、ゴボウのようにスマートでないうえ、とてもやわらかい。掘り出すには、ゴボウ抜きとはいかない。穴の中に頭を入れて土をかき分け、芋の先端が見えるところまでまず掘る。それから、まわりの土をていねいに除いて、そっくり取り出さなければならない。おおげさと思うほどの穴を掘ることになる。

まわりからスコップで掘っていくのだが、うっかりすると、身をそいだり、切ったりする。じれったくなって引き抜こうとしたり、動かそうとしたりすれば、すぐ折れてしまう。芋ほりは、根気のいる仕事で、73歳の父と68歳の母には、そうとうつらい仕事である。

たくさんのとろろ芋をつくることになったいきさつは、お盆に帰ったときに知った。

「どうしたの？　こんなにつくって……」

「つくってくれって、陽子が言うもんで」

と、父がいう。陽子とは、末の妹の名前だ。

田舎の畑はそう広くはないが、両親2人には広すぎる。作物を作っても消費しきれない。かといって、遊ばせておくわけにもいかず、畑一枚にチューリップを咲かせたりしていた。子供ら全員が家を出てしまって7年にもなる。気をまぎわらすためでもあったろう。

その妹が「とろろ芋でもつくったら……」と、言ったというのだ。畑に花を咲かせているだけではもったいないし、とろろ芋は店で買うと高いから、と言うのも末っ子らしい。

両親は、それに応じたのである。

「これだけ掘るのは、大変だよ」

「掘るときのことまでは、考えなかったよ」

そう言って、父は笑い、ポツリと言った。

「掘るときは、みんなに手伝ってもらわなくてはな……」

こうして、みんなが集まることになったのである。

つらい姿勢での作業である。

やっとの思いで土のかたまりごと掘り出し、その中からどんなものが出てくるかと期待するときが楽しい。土をはぎとっていくと、肌のつややかなとろろ芋が出てくる。それが無傷であれば、なおうれしく、どんな形のものでも、自分が作った作品のような気がしてくる。

親子6人が2日がかりで、100本以上も掘り出した。芸術的作品は、70本ぐらいか。

あとは、折れたり傷ついたりの失敗作で、残念な大作も多かった。

日曜日の夕方、正月には帰れないと言って、姉は花巻空港に向かった。妹たちも、次々と車で帰っていく。暗くなった庭先で、父と母は、帰る姉や妹たちに声をかけ見送っていた。

「ちゃんと、とっておくから……欲しくなったら取りに来いよ」

私も、父が荷造った5、6本を持って車に乗った。


どうして、あんなにたくさんのとろろ芋をつくったのだろう。妹の要望に、せいいっぱい応えようとしたのだろうが、収穫時のことは考えなかったのか。あの年まで農業をやってきた両親が、収穫のときのことを考えないで作づけをするだろうか。それも毎年、少しはつくっていたとろろ芋である。

芋ほりのときは、みなを呼ぼう。そう考えた父の本心に気づいたのは、そのずっとあと、年の瀬になってからであった。

《1991年度新鋭随筆家傑作撰「私の原風景」》

# 青嵐

平成4年の4月に、私は福山市（広島県）から、小山市（栃木県）に転勤になって、めったに帰れなかった生家が少し近くなった。

それをいちばんよろこんだのは両親だった。さっそく、その年のゴールデンウィークに帰省した。3日ほどのんびり過ごした後、新しい住まいを見たいという両親を連れて帰ることになった。親孝行のつもりで途中一泊、栃木県の温泉に誘った。

家を出たのが、5月5日の午前10時少し前だったろうか。よく晴れた日であった。助手席に妻が座り、その膝に4歳の長女が、後部座席に両親が乗った。

おしゃべりはもっぱら口達者になった長女で、祖父母を言い負かしてははしゃぐ。父も母も孫の言うなりだ。東北自動車道は渋滞もなく順調に流れていた。しばらくは、にぎやかな笑いを乗せて車は走った。

郡山で昼食を取り、しばらく休んだ。そのころから風が出てきた。

再び、高速道路に乗る。

風がしだいに強くなってきた。突風は車をゆらし、道路わきの木々もゆらして、ほんの少し残っていた山桜の花びらを吹き散らす。枯れ草が車の前を飛び、枯葉が路面を転がる。あちこちで土ぼこりが巻き上がり、空の色が変わる。

長女は眠ってしまい、会話がとぎれた。風を切る音だけが車中に響く。


あちこちに田おこしや代かきのトラクターが見え、代かきのすんだ水田は空を映して光っている。両親は、それらの光景を追い続ける。

数年前に、両親は一生の仕事だった農業を自らやめた。どちらかが死ぬまでと言っていたが、年には勝てなかった。1ヘクタールほどのたんぼなのだが、80歳に近い体には無理になっていたのだ。今は、少しの畑を耕し、冬は椎茸の栽培をしている。父と母は、どんな思いでその光景を眺めているか、私には分かっているつもりだ。

栃木県に入った。

那須塩原インターを下りて間もなく、車は山あいに入り、新緑と木々のざわめきにつつまれた。山腹にそって大きなカーブを曲がると、若葉の切れ目から谷向こうが見える。山腹には、抹茶、萌木、苗、山葵色の若葉が盛り上がって重なり、松や杉の常緑樹がそれを縁取っている。谷を駆けのぼる風は木の葉を返し、微妙にその色あいを変えていく。風の通る道が白く光る。あれは柳の葉だろうか。疾風は枝ごと吹き上げ、そのとき山が波立つ。走り回る風が見えるようだ。

かつて、父は、農作業の手順を私に教えようとした。農業を継いで欲しい思いは、痛いほど分かった。それも、今は言わなくなった。

農業をやめたころから両親の老いが早まった。そんな気がする。父の動作はめっきり緩慢になったし、手紙もそのころから書かなくなった。母も、2年前に白内障の手術をし、足も不自由になって、体をゆすって歩くようになった。それでも、「住み慣れた土地は離れたくない」と言い続ける。そんな父も母も、みんな窓に頭を寄せて眠ってしまった。

かけ昇った風は、眼前の山をかけ下りてくる。楠（くすのき）の落ち葉が乾いた音をたてて路上を走り、山側の杉林がうなる。花をつけた山吹の枝が震えて大きくゆれた。谷を巻く風は、木の葉を天空に吸い上げ、吸い上げては上空で解き放つ。木の葉は回りながら、山腹に、谷底に、そして、気流に乗って山頂を越え、散っていく。

声をかけようとした。だがやめた。

家を出てから、すでに5時間をこえている。向かう塩原温泉はもうすぐだ。

《平成6年5月　第47回岩手芸術祭「岩手県民文芸作品集」優秀賞》

# 十八人目の熟女

その日（平成13年10月8日）、17人の女性がわが家の前に降り立った。30数年前に卒業した妻のクラスメイトたちである。

県北の温泉で「熟女の集い」として開催されたクラス会には、関東、東北から30名ほどが集まった。解散当日、時間に余裕のあった人たちが、参加できなかった妻に会うためにホテルのバスで立ち寄ってくれたのだ。こんなに多くの人がわが家に集まったのは、久しぶりのことである。

妻のいる部屋に集まった彼女たちは、あいさつを済ませると、昨夜の模様を話しはじめた。遅くまで話し込んだようである。

「授業中、突然笑い出す癖があるんだよネ」

と、妻の学生時代の話になっていった。

「彼女、個性、つよかったよネ」

「そう、そう」

「地味な方じゃなかった」

「いや、けっこう、オシャレだったよ」

誰かが、

「私たちも、変わったでしょう?」

と声をかけられると、人が集まると喜びはしゃぐ妻は、こう言ったようだ。

「30ん年たっても、変わってないよ。みんなすてきだよ」

時間がきた。遠方に帰る人たちの電車の時刻だ。みんなが立ち上がった。

「歌おうか」

誰かの声に、みんながうなずく。

「若者たち」を歌うことになった。彼女たちの青春の歌だろう。この歌は、たまにカラオ

ケに行ったときに必ず歌う妻の持ち歌でもある。

『君の行く道は　果てしなく遠い　だのに　なぜ　歯をくいしばり……』

彼女たちの歌声が家中に響く。1番、そして2番。妻はその円陣のなかにいた。懐かしさと悔しさのまじったような、それともまた違う切ないものがこみ上げてきた。

帰りがけに玄関先で、幹事役の方が泣きはらした目で、照れくさそうに言った。

「きょう、月命日でしたよね……。来られてよかった」

そうだった。ちょうど3カ月前のこの日だ。この日の早朝に妻は逝った。これほどの人が訪れたのは、そのとき以来だったのだ。

一時間ほどで、彼女たちは去った。にぎやかさとともに車に乗り込んだ彼女たちのあとに、妻も18人目の熟女となって乗ってしまった。

見送ったあとのわが家には、そんな寂しさだけが残っていた。

《平成13年10月25日　岩手日報「ばん茶せん茶」》

# あかずのノート

洋服たんすの奥に一冊のノートがしまってある。

B6版の手帳型のノートで、妻が病床で書いたものだ。最後の10ページぐらいは空白だが、ほぼ一冊に妻の思いが綴られている。

いつごろ書いたものかは分からないが、妻が入院した年（平成12年）の8月から翌年の6月の間であることはまちがいなく、たぶん、再手術後の4月以降であろう。罫線2本にそって大きめの字で、筆跡の微妙な違いから3、4回にわけて書いたようだ。

「お父さん、これ」

と、中学2年の娘が無表情に、そのノートを差し出したのは通夜のときであった。

平成13年7月8日早朝、一年ほどの闘病ののち、妻は逝った。病院から葬儀社の車で帰

るとき、妻のハンドバックを娘があずかった。家に帰ってその中から見つけたという。最初のページに特徴のあるギクシャクした字で、「お父さんへ」と大きくあった。

「読んだか？」

聞くと、娘はうなずいた。

接客や葬儀の打ち合わせのあい間に私も読んだ。そのときは、「わざわざ書かなくても、水くさいぞ」と口から出そうになった。しかし、すぐに、どんな思いでこれを書いたろうかと、切なく苦しい思いになって妻の顔をのぞいた。その顔はおだやかだった。


ノートには、今までの結婚生活への感謝の意が書かれ、友恵（娘の名）は、「素直な子だから、いい子に育てて」とあった。

そして、燃えるごみの出す日は、火と金曜日、それ以外は市の広報を見ること。天気のよい日はふとん干すこと、そろそろシーツを代えるころだし、子どもの制服もクリーニングに出して、と「指示」があり、友恵は一人っ子だから、歳の近い甥や姪との親戚づきあいはちゃんとさせること、誕生日、正月、クリスマス、ひな祭りなどの季節行事は手をぬかずにちゃんとやることと続く。

そして、「私がいなくなっても、きっと、うまくいくよ」と結んであった。「友恵へ」として、娘に、友だちは大切に、明実ちゃん、英人君……と親戚の名を連ね、仲良くすること、から始まり、最後に「お父さんのような人と結婚すること」そして、「お父さんのめんどうを見てね。そうしないと、化けて出るぞう」とある。

再入院後、医師から聞かされる話に希望は見出せなかった。いつごろかははっきりしないが、いつかはと私も覚悟はした。だが、私よりずっと前に妻はその覚悟をしていたのかもしれない。まして、看護士として医療に従事してきた妻であるから。

「なんでも話して。隠し事はなしにしよう」

妻はそう言っていたし、そうもしてきた。しかし、どうしても言えないこともあったのだ。私もそれを妻に悟られまいと、希望と励ましだけを言い続けてきた。が、それはなんだったろうか。妻にも私にも、話しておくことがもっとあったではないかと悔やんだ。

しかし、今は、あれでよかった、と思うようになった。

妻は、希望を持てと励ましてくれる者に、家にもどったら庭に花をいっぱい植えよう、元気になったら家族で旅行もしよう、とせいいっぱい応えるのが努めと考えていたのだろう。だから言えないことは、ノートに書いたのだ。

葬儀が終わってからしばらくは、ときどきそのノートを開いては読んでいた。だが、今開くことはない。所在はいつも頭のすみにあり、ふと、出して読もうかと思うこともある。だが、出すことができない。ノートと書かれた文字に触れると、自分を見失うような何かが迫ってくる、そんな思いになるのだ。そう、それは怖いという感覚に似ている。しかも、それはしだいに強くなっているような気がする。

生々しくあのときを思い出すから無意識に避けようとしているのか、自分でも分からない。妻を忘れようとしているのかと思うこともあるが、だとすれば、そんな自分も恐ろしくなる。ときどき「見せて」と言っていた娘も、今は言わない。

こんな整理のつかない思いが、いつまで続くのだろうか。

「うまく、いっているよ」

と、ノートに話しかける日が早く来ればいい。

《平成14年5月　第17回岩手日報文学賞・随筆賞佳作》

# ねじれ花

妻の一周忌がすんで間もなくの休日、そろそろ整理をしなくては、と妻のタンスを開けた。今まで、そう思っても開けることがなかった和ダンスである。開けた最初の段に、白い麻地に淡いピンクとグリーン、そしてブルーの縦縞の夏服を見つけた。

この服を見たとたんに、あの花を思い出した。その色彩ゆえか、その服を着て庭先に立つ妻の姿を思い出したのか、はっきりしないがねじれ花がうかんだのである。どこかに咲いていているかもしれない。すぐに庭に出た。

「この花、わたし、好きなの」

庭のすみに咲いていた二、三本のねじれ花を見つけた妻が声を上げた。

「派手でもなく、地味でもなく、清楚なところが好きなの。ね、かわいいでしょう」

それは、私たちがここをついの住みかとして移り住んだその翌年、平成9年の夏のことであった。

この花、いつごろから見ていないだろうか。田舎に住んでいた中学のころまでは、毎年見ていたような気がする。私もたまらなくなつかしく、また、いとおしさにも似た気持ちになった。

「この、ねじれているところがいいのよ。私とそっくり」

妻は花穂に手を添え、だれにともなく言った。

そのころ、庭造りでいろいろ妻と話し合っていた。転勤先のベランダで育てていた二十ほどの鉢も、あれもこれもと買って来た草木も、取りあえず、と庭のあちこちに植えっぱなしであった。どんな庭にするか、妻とはなかなかイメージが合わない。「和風でも洋風でもない、自然風がいい」とか、「そのなかにも個性を出したい」とか言いながらも、すぐ意見も変わるし、言い出したらなかなか言うことをきかない。

庭のことはなにも決まらずに過ぎ、草取りのときに、

「その辺にねじれ花があるはずだから取らないでね」

と言うが、花をつけていなければ雑草と見分けがつかない。その年も翌年も、妻の後についてあちこち探した。しかし、2年の間、その花を目にすることはなかった。妻は平成12年の夏に入院し、翌年、この花の咲くころに亡くなった。

入院したころ、ねじれ花は咲いたのか咲かなかったのか、葬儀に忙殺された去年の夏も、それは分からない。年に一度か二度、草ぼうぼうの庭を見かねた両親と姉が草取りをしてくれたから、そのとき取ってしまい、たぶん咲かなかったのだろう。

日は雑木林の向こうに回り、庭は陰っていた。かつてあったところには、ない。あのとき雑草にまちがえられるからと、花壇の隅に一本移植したとも聞いていたが、その辺りにもない。もういちど、ていねいに探したが、やはりない。庭に続く林の土手も探してみた。そこにもなかった。

芝生に座り込んだ。

庭に続く雑木林でひぐらしが、大きな声で鳴く。手入れをしていない芝のあちこちからスギナや雑草が首を出し、2、3本の笹の葉も見えた。

あった。

私の真正面、芝の中から四本の茎が立ち上がり、しっかりねじれてピンクの花をつけている。庭の真ん中に、まるで、

「ここに咲けば見つけてくれるでしょ」

と言わんばかりだ。


窓から、ときには庭に出て眺めていたその花も、お盆の前に落ちてしまった。来年は芝のなかにたくさんの花が咲くだろう。それもうれしい。だが、手に負えないほど生えてきたらどうしよう。取ってしまっては忍びないし、また怒られそうだ。いっそ、なにもせず自然風にいこうか、とも思う。

「どうすればいい」

妻にそう聞いているが、返事はまだない。

《平成14年8月　第55回岩手芸術祭「岩手県民文芸作品集」芸術祭賞受賞》

# 旅立ち

足に重みを感じて、目が覚めた。ダブルベットの隣で寝ている娘の足が、私の足に乗っているのだ。はずそうとした。だが、やめた。娘の大学受験前夜、新宿のホテルでのことである。


10日ほど前であった。

「いっしょに行けないかなあ?」

娘は、そう言い出した。

「仕事もあるし、行けないよ。一人で行くって言っていただろう」

そう応えてきたが、そのときは、「わかった」と言うが、翌日、また聞いてくる。

明後日が受験日という晩にも聞いてきた。

「いっしょに行って欲しいんだけど、どうしても、だめ？」

悲しいような、せっぱ詰まったような、そんな言い方であった。いずれ、娘と離れて暮らすことになるだろうし、娘と出かけることもなくなるだろう。だから、とも思ったが、有無を言わせない言い方に負けた。

「行くのはいいが、宿は別になるぞ」

「ダブルだから、いっしょに泊まれるよ」

受験日前夜の宿を確保するのが困難であった。なんとかダブルの一室を探し当て、予約していたのだ。そこにいっしょに泊まればいいと娘は言う。

昼過ぎに盛岡を発ち、受験会場を下見して、夕方、宿に入った。

「そんな端（はし）に寝なくてもいいよ」

娘の声を背中に聞いて寝たのだった。


中学2年のときに母を亡くした。進学する高校も自分で決めた。だが、高校に入学して間もなく、学校に行きたくないと言い出した。先生とのトラブルであった。説得して、学校近くまで送って行くが、どうしても車から降りない。学校と交渉もした。あちこちに相談もした。校長が自宅に来てできる限りの配慮をするとも言った。だが、本人の学校へ戻る意思はなかった。高校への通学は3カ月でやめ、翌年の3月末に退学した。そのまま就職するといい始めた。高校だけは出ておいた方が良いと言っても、

「高校や大学を卒業しても、人間としてだめな人はだめじゃない？」

と、学歴じゃないと言い張る。

「それはそうだが……。でもね」

理屈と現実は違うと言っても、受けつけなかった。けんかにもなった。長いこと口もきかないときもあった。甘やかして育てたのかもしれないと、悔やんだこともあった。

その後、大学入学資格を通信教育で取り、一年間予備校に通って、今日まで来た。私にとって、ここまでたどりついたという安堵感が先にあり、受験結果はあまり気にしていなかった。（ごくろうさん）そんな思いで、娘の足をそっとはずした。

翌朝、「これ食べて」と、朝食のデザートを取ってくれ、サービスが良い。受験会場に向かう時も、先に行って切符を買ってくれる。電車に乗ってからも降りる駅が近づくと目で合図をする。昨日までは、いつも私の後ろについてきていたのだが、今朝は違っていた。

最寄りの駅から試験会場まで、20分ほど歩く。会話もなく、並んで歩いた。

「ここでいいよ。お父さん、仕事があるんでしょ。今からだと、昼までには帰れるよ。ありがとう」

娘は受験会場の校門前でそう言うと、小さく手を振った。声をかけようとしたが、その間もなかった。振り向いたら合図をしようと、キャンパスを進む娘の背を追った。だが、一度も振り返らずに会場に消えた。

娘との距離がひろがった。そんな気がした。そして、取り残されたような寂しさがあった。受験がうまくいけば、お互い一人暮らしとなる。距離を感じたのは、娘にはすでに旅立ちの準備ができていたからであろう。自分にはまだ何の準備もできていない。だから、寂しさを感じるのだ。自分にそう言い聞かせて、先に帰ることにした。

昨夜のことは偶然のことで、娘は気づいていないだろう。しかし、あれも、娘の最後の甘えだったような、そんな気がしてならない。

左足に乗った娘の足の感触がよみがえってきた。やわらかいふくらはぎの感触であった。


（平成18年7月　第1回「啄木・賢治のふるさと『岩手日報随筆賞』」優秀賞）

# リッチモンドの風

飛行機は不意に翼を傾けた。

雲が回り、窓の光が傾く。かすむ地平線がせり上がり、切れ切れに流れる雲の下に茶色い地表が現れた。焦点が合うと、広大なトウモロコシ畑の中に、薄緑の煙る森、緑の牧草地、点在する白い家、それをつなぐ線を引いたような道が見えた。

旋回を終えた50人乗りの小型ジェット機は、西の太陽に向かってしばらく進み、下降を始めた。エンジン音がオクターブ下がり、足元で主脚の出た鈍い音がした。

私たち「アーラム大学・ホストファミリー会」の4人は、ホームステイをした学生の卒業式に出るために、デトロイトから乗り継いできた飛行機は、今、デイトン空港に降りようとしている。大学のある町、リッチモンド（インディアナ州）はここから西に60キロ、オハイオ州の州境を越えるとすぐである。空港には迎えの車が来ているはずだ。

飛行場から高速道路を西に進む。太陽が暗い地平線に沈もうとしていた。そこから車のライトがわき出て連なり、列は波打って向かってくる。まだ明るい空は地球ごと包みこむような広い空であった。明日は大学を表敬訪問して、夜は先生方と会食。三、四日目に、大学内の見学、歓迎パーテイなどの予定が組まれ、近郊も案内してくれるという。卒業式は五日目である。

「ホームステイをやってみませんか」

と、誘われたのは、盛岡に赴任した年（平成8年）のことだった。翌年の夏、女子大生の家族が一人増え、4カ月あまりを一緒に暮らした。帰ってすぐに、クリスマスカードが届いた。ホームステイは3年続いた。4年目も続けるつもりだったが、妻が体調を崩してそれを辞退した。翌年に妻は逝った。

ホームステイを引き受けることはもうないだろう。そう思いながらも「会」のメンバーには残り、毎年来る学生の受け入れと盛岡での生活を手伝ってきた。

「リッチモンドはどんなところ」

いつかは行ってみたいと問う妻に、３人の学生は同じように言っていた。

「何もないところです。でも、とてもいいところです」

「必ず行くね」

妻は、いつもそう応えていた。

気候は盛岡とほぼ同じで、広い畑の中にある古い町。私の知識はそんな程度だが、妻は、もっと多くの知識を得ていただろう。


三日目。郊外をまわって、丘の上の旧家を訪ねた。西部開拓史時代の建物だが、その豪華さに圧倒され、ひと息つきに外に出た。芝生で遊んでいたリスが幹を駆け上がり、胸の黄色い鳥が木々の間を飛び交っていた。

畑の向こうに林が見える。若緑、黄緑、抹茶色の木々が盛り上がってどこまでも続く。手前の畑に、トウモロコシの根元が刈り残され朽ちている。畑は左方にうねって広がり、空と接していた。まだ作業が始まっていない畑に、動くものはなにもない。

畑の上を風が渡ってきた。

少し冷たい風だが、そよぐ風でも、通り風でもない。乱れることも、巻くこともなく、頭上の木の葉を少し揺らすだけの流れる風だ。風は、空と地平線の間から、ここが拓かれるずっと前、太古から吹きつづけているような力強い風であった。

風に向かって立つと、詩のフレーズがうかんだ。

私のお墓の前で泣かないで／私はそこにはいないのだから／私は眠ってなんかいない
私は千の風となって渡ってゆく

「千の風になって」の3行である。詩の原作者といわれるメアリー・フライは、私たちが降りた飛行場のある町、デイトンに生まれた。12歳までそこに住んでいる。きっと、彼女もこの風を感じて育った。その原体験があの詩を生んだに違いない。

風は、遠い過去の記憶も運んできた。

渡る風に、テーブルをはさんで話す妻の姿が、かすかに見えた。「必ず行くね」と話していた妻は先に来ている。そんな、なつかしさにも似た感覚が不思議であった。

妻がリッチモンドで見たかったのは、この光景ではなかったのか。感じたかったのは、この風ではなかったろうか。

芝の斜面が式場だ。壇上の後ろに掲げられた50枚あまりの国旗が、木洩れ日に映える。ひとり一人手渡される卒業証書に生徒は全身で喜びを表わし、歓声を誘う。式の最後に帽子が舞った。そのなかに盛岡で過ごした10人の学生もいた。

昨日の卒業式と、あの風を記憶しよう。空港に向かう車の中で、私はそれを反芻（はんすう）していた。

《平成20年7月　第3回「啄木・賢治のふるさと『岩手日報随筆賞』」最優秀賞》

# おふくろの味

「この味、この味！」

テレビドラマで、都会からたまに帰って来た息子が言う。

「おふくろのつくった肉ジャガ。これがおふくろの味だったよな」

葬儀社のコマーシャルで、葬儀のあとで兄妹たちが話している。画面のタレントの年齢は40歳から50歳ぐらいだろうか。

「今日は○○屋の肉うどんが食べたいな。行きませんか」
と昼食に誘われ、車で走る。会社の専務で彼も40代である。私が考える昼食は、定食にしようかソバにしようかと考えるぐらいで、つい近くの定食屋さんに向かうか、車で走っていれば目についたラーメン店か日本蕎麦（そば）の店に入ってしまう。肉うどんを食べ

に車で20分も走ることはまずない。

私は食べ物にあまりこだわりがない。好き嫌いもない。年齢によってしょっぱいものを遠ざけるようになったぐらいで、味の好みも変わっていない。要するに、特別おいしくなくても、まずいと感じなければそれで満足してしまう性質（たち）なのだ。

「今晩、なにが食べたい？」と聞かれ、「なんでも」と答えては「それがいちばん困るのよ」と、亡くなった妻によく言われたものだ。だが、とっさに出てこないからしようがない。


おふくろの味の一番が、「肉ジャガ」で、次に「煮物」「カレーライス」「味噌汁」などが続くようだ。あなたに「おふくろの味」料理がありますか？　とのアンケートに80％以上の人が「ある」と答えている。

私は10％強の「ない」の方に入る。思い出そうとしても特にないのは、食べ物にこだわりがないからだろうか。アンケートで「ある」と答えた80％以上の人が全て味にこだわりを持っている人とも思えない。おふくろの手料理を食べた期間が短いからなのか。私がおふくろの手料理を食べたのが高校1年までだが、これも極端に短いわけでもない。

人間の脳が味覚を記憶しているのは視覚や聴覚と同じところで、味はそれらと関連づけて記憶されているそうだ。肉ジャガを食べると、台所で子どものために料理を作っているおふくろの姿を思い出し、牡蠣（カキ）をたべてあたった人が、その後食べることができなくなるのも、そのときの体験を覚えているからだ。とすれば、わたしにはそのような記憶がないということになる。

昭和18年生まれの私は、戦中、戦後の食糧が不足していたころ育った。記憶にある食べものといえば、「卵かけごはん」や、たまにつくってくれた「あんこ餅」ぐらいなものである。両親は朝から晩まで農作業に出ていたから、料理はいつもそそくさと作っていた。おふくろのつくったこれという料理や、台所に立つ姿も思い出せないのはそのためなのだろう。

「おふくろの味」ということばが生まれたのは、1985（昭和60）年ごろである。

日本が経済的に豊かになり、食生活の西洋化が進んだ。バブル景気に入ってインスタント食品や冷凍食品・レトルト食品の手軽な半調理済みの食材が家庭の食卓に浸透する。見た目は豪華になったが

地域色や季節感、手作り感が失われ、変化に乏しいものになっていった。そのころから和食が見直されるようになり、このことばが生まれた。

食生活が豊かになった時代に生まれ、手作りの家庭料理で育った年代といえば、昭和30年代以降に生まれた人となりはしないか。とすれば、今60歳以下ぐらいの人となるが、私と同じ戦前・戦中派の人にも「おふくろの味」というものがどれだけあるのか聞いてみたいものである。あのアンケート結果に年代別がないのが残念だ。

「おふくろの味」と聞くたびに、育ててもらった恩を覚えていない気がして、どこか後ろめたい思いがあった。そのおふくろも13年前に亡くなった。

自分に「おふくろの味」がないのは、味にこだわっていられない時代に育ったからだ。そう理屈をつけないと、私の気持ちが納まらないのである。

《松園新聞『100字の散歩40』平成29年11月号》

# 父の一周忌

最近、親類が集まるのはもっぱら不祝儀のときだけだ。しばらくぶりに親戚が集まっても、そのたびに顔ぶれが変わっていたりする。法事に呼ばれ、会食の席であいさつを受けても誰か分からず、隣の人に聞いたりする。

「あの方、誰でしたっけ」

「○○さんの息子の嫁さん」

なかには、「さあ、私も分かりません」ということもある。

これでは親戚づきあいがどんどん希薄になって、つながりもなくなりそうだ。だが、親類が枝葉のように広がるのは当然で、自然なことである。だんだん親戚が遠くなり、顔が分からなくなるのは、それだけ自分が歳をとってきたからなのだ。

野中善次郎の記録

大正 2（1913）年8月17日（日） 生
平成28（2016）年6月 7日（火） 没

【昭和59（1984）年6月24日（日）撮影】

平成29年6月3日 一周忌法要

【記録集・表紙】

先日、父の一周忌を営んだ。父方と母方の親類と兄妹、孫、ひ孫、総勢40人ほどが集まってくれた。寺での法要、墓参りを終え、場所を変えて会食となった。

父には孫が8人、ひ孫が9人いる。彼らは親戚をよく知らないだろうし、親戚の人たちも誰が誰の子やら分からないだろう。これからも親戚づきあいをしていくためには必要だろうと、自己紹介かたがた父の思い出を語ってほしいと、食事の途中で皆に水を向けた。

95歳になる叔父は、父が20歳ごろの話として、みんなが「おんず」と呼ぶのでずっと父の名前が「おんず」だと思い込み、じぶんもそう呼びかけていた。それが次男、三男坊を呼ぶことばだと知ったのは中学校のころだった、と笑いながら話した。

伯母は、父から聞いた話としてこんな逸話を紹介してくれた。

運送会社で作業員を探していることを知り、分家したばかりの父に声をかけた。田んぼも少なく農業だけでは生活が大変だと聞いていたからだった。その話にのった父は、さっそく履歴書を書いた。持ってきた履歴書が毛筆の立派な履歴書で、それを見た運送会社は面接もなしに採用したと言う。

どちらも初めて知るエピソードだった。全員が2つ3つの思い出を語り、座は和やかに進んだ。

この会食は「お斎（とし）」と呼ばれ、僧侶や列席者への感謝の気持ちを表すお膳で、食事を共にすることで思い出を語り合い、故人を偲ぶ意味があるようだ。だが、予定の時間を1時間も越えた法事は、故人を偲ぶ会ではあったが、「父を肴にした懇親会」風でもあった。これも、102歳10か月と長生きした父の一周忌だからであろう。そして、父の孫やひ孫らが親戚を知り合うという目的にも、少しは役立ったのではなかろうか。

最後に撮った集合写真の顔は、みな笑顔だった。

《松園新聞『1000字の散歩36』平成29年7月号》

# 父娘（おやこ）旅

広島・尾道・福山を巡る旅に出たのは、東京に住む娘の誘いからであった。娘は海外が希望のようだったが、私に予定があって国内となり、かつて、4年住んだ広島県になった。

3年の東京勤務を終え、広島県福山市に赴任したのは1988（昭和63）年4月1日のことである。上司と同僚に見送られ東京駅を午前10時ごろ発ち、新大阪駅で山陽新幹線に乗り換えて福山に向かった。妻は2カ月前に生まれた娘の世話で疲れぎみのようだったが、私は多少興奮ぎみで車中の5時間はそう長くは感じなかった。

「転勤先は福山だよ」

内示の前夜そう上司に言われて地図を広げたが探しあぐねた。それぐらい全く知らない町だった。新しい土地に行ったらまずその「地」を知ること。先輩からの教えで着任してすぐに買ったのが、地図帳と2冊の本だった。発刊間もない『出会いの海・鞆の浦』という福山を紹介するマンガの本と、発刊されたばかりの『鞆（とも）の浦殺人事件』（著者・内田康夫　発行・徳間書店）で、本棚を探したら2冊とも出てきた。

福山市は、備前焼の備前市、「忠臣蔵」の赤穂市、古い町並みの残る倉敷市、文豪が住み映画の舞台となった尾道市も近い。赴任して10日後に瀬戸大橋が開通して、四国がぐんと近くなった。

福山には4年間住み、栃木県に転勤することになるのだが、その間、鳥取・島根・山口県にも足を延ばし、四国にも何度か行った。中国四国・山陰地方のほぼ全域を歩いたことになる。いつも幼い娘を連れた3人旅だった。4年間で雪が降ったのは1日か2日だけで、温暖な瀬戸内の気候は過ごしやすく、私と妻にとって思い出深い勤務地であった。

ここの幼稚園に2年通った娘は、当時住んでいた社宅と幼稚園を記憶しているようで、そこにも行ってみたいと言う。

平成30年2月11日（日）から、広島市に2泊、尾道に2泊、4泊5日の旅で、赴任してから30年、離任して26年ぶりの再訪であった。

旅の4日目に、当時の勤めていた会社に寄った。当時入社したばかりだった女子社員と私が採用した女子がまだ働いていた。

「あらー。全然変わりませんね。あの、赤ちゃんがー。大きくなって……」

会ったそうそう甲高い声が廊下に響いた。私も彼女らがどう変わっているのか想像ができなかったが、ふたりとも変わっていない。

「もっと早く教えてくれたら、知っている人たちに声をかけて宴席を設けたのに……」

食事をしながら当時の話が飛び交った。娘は会話に入れず、少々ぎこちなかったが化粧用の「熊野化粧筆」をプレゼントされてうれしそうだった。昼食の1時間はあっという間に過ぎ、かつて住んでいた社宅と幼稚園にタクシーで向かった。社宅も幼稚園も建て替えられていたが、「天使幼稚園」脇のレンガ造りの教会がそのまま残っていた。

「ああ、この教会、おぼえてる！」

と、娘は声をあげた。

そのまま、「鞆」に向かった。鞆は福山からそう遠くない瀬戸内に突き出た沼隈半島の先端にある港町である。近年、宮崎駿のアニメ『崖の上のポニョ』の舞台となったところである。住んでいたときはなんどか来ているが、娘は全くおぼえていないようだ。

「鞆の浦」は、瀬戸内の中央にあって豊後水道と紀伊水道から入った潮がぶつかり別れるところで、この町は古代から「潮待ちの港」として栄えた。ここに陣取った平家軍と那須与一率いる源氏軍が戦い、足利義昭が鞆幕府をおいたところで、坂本龍馬のゆかりの地でもある。今も時代劇に出てくるような宿場町がそのまま残っている。

マップ頼りに、人かげの少ない狭い小路をふたりで歩いた。

当時は兄妹や親戚が毎年のように訪れ、わが家が観光拠点となった。そのたびに私と妻が案内役を務めたものである。その妻は17年前に逝って、少々寂しい「父娘旅」であった。

《岩手日報『ばん茶せん茶』平成30年3月17日》

# 尾道にて

2月15日、朝9時少し前に尾道駅に着いた。

かすんだ空に太陽が輝き、駅前から見える満潮の尾道水道がにぶく光っている。対岸の向島に、立ち並ぶ造船所のクレーンが建物の上に突き出ているのが見える。黒い影を落として1艘のタグボートが力強いエンジン音をたてて東に進む。

今日で娘との4泊5日（平成30年2月11日~15日）の旅が終わる。娘は、これから瀬戸の島を巡り、呉に2泊の予定でまだ旅を続けるが、私は予定があってここで帰る。娘とは、さっきホテルで別れた。福山駅で新幹線に乗り換え、新大阪に。伊丹空港から花巻までは空路だから、夕方早い時間に自宅に着く予定だ。

プラットホームから見上げる山腹に、張り付いた家並みと寺院が陽に照らされ、その上

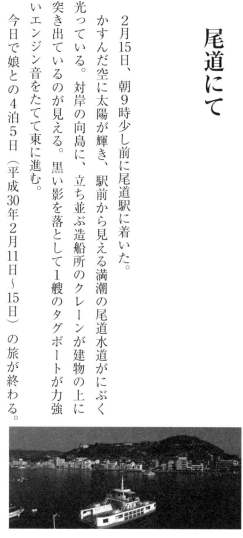

は澄んだ青空があった。9時8分の電車に乗った。乗り換える福山駅は4つ目の駅で、20分ほどで着く。動き出した電車の窓から、おととい登った千光寺への長い石段が見えて、消えた。


「だいじょうぶ？」

石段を登る途中で先を行く娘が聞いてきた。息がはずみ足に力が入らなくなっているが、まだだいじょうぶと応える。

途中に、志賀直哉旧邸の案内と「お休み処」があった。（休もうか？）と先を行く娘に声をかけようとしたが、登り始めたばかりだ。まだ早いとやめた。30年前に福山に赴任し、4年勤め、尾道には4・5回は来ているはずだが、歩き疲れた記憶はない。改めて30年の歳月を悟った。

人の気配がない民家が続き、柑橘類の黄色の実が軒下で陽に映える。小道をさらに登ると小さな広場に出た。暖かい日差しの中で猫が2・3匹のんびり寝そべっている。

娘は猫と遊んでいるが、こちらはちょうどよい休憩だ。

「ここの坂を走って転んで、ケガをしたんだぞ」

「うん、おぼえてる」

娘も少しは記憶があるようだ。

頂上の千光寺までたどりつき、帰りにあの「お休み処」に寄った。客は我々だけだった。志賀直哉の資料見ながら、尾道水道が見下ろせる奥の3畳間に進んだ。テーブルの上にクリアケースが置かれ、コピーした小説の一文が入っていた。

『六時になると上の千光寺で刻の鐘をつく。ごーんとなると直ぐゴーンと反響が一つ、又一つ、又一つ、それが遠くから帰ってくる。其頃から昼間は向島の山と山との間に一寸頭を見せている百貫島の燈台が光り出す。それがピカリと光って又消える。造船所の銅を溶かしたような火が水に映り出す。(「暗夜行路より)』

ここから見た暮れゆく光景であろう。部屋の出窓から尾道水道を挟んで向島の造船所は見えるが、百貫島はわからない。
ここで休んだ旅人が記したノートを繰ると、中国・台湾・アメリカ・ドイツと外国人

も多く、たくさんのイラストもあった。私は、「30年ぶりの尾道です。……」と2行書き、娘は末尾に小さな猫の絵を描いた。

翌日、かつて一緒に働いた女性と会ったときこの話をしたら、

「あら。それはたいへん。普通はロープウェイか車で頂上まで行って、降りながら見学するのよ……」

と笑われた。そういえばすれ違うのは降りてくる人だけで、後ろから登って来る人はいなかった。

旅の場面をコマ送りのように思い出しながら、午後3時半ごろ、雪の舞う花巻空港に着いた。昨日おとといの大雪で、駐車場に置いていた車が雪に埋もれていた。それを見たとき、旅は遠い過去のことに思えた。

《松園新聞『1000字の散歩45』平成30年4月号》

# Ⅱ 北帰行（故郷）

# 滝名川

滝名川は、紫波町（岩手県）を流れる数少ない河川の一つである。奥羽山脈の奥深く、沢水を集めて一筋の流れとなったこの川は、山王海盆地を経て山すその志和稲荷神社前に出る。ここから東に広がる扇状地を、蛇行しながら10数キロ下って北上川に注ぐ。

私は、この流域（片寄地区）で一ヘクタール足らずの水田を耕す農家で生まれ、7人家族で育った。川は、家から歩いて10分足らずの所を流れていたから、この川にかかわる記憶は多い。近くの子どもが流されて亡くなったことや、大水に橋が流されたこともそうだが、川で遊んだことはよく覚えている。

夏は、もっぱら水浴びだった。向かう林の上に、白く光る入道雲がいくつも立ち上がり、日差しが肌をさす。シオカラトンボがつきまとい、たまに、オニヤンマが横切り、田んぼの上を渡る風にモンシロチョウが流されていく。

林が近くなると、道ばたの草むらは背丈ほどもあって、その中は青草のにおいでむせるようだった。ひんやりする林を抜けると、瀬音がして、まぶしい河原に出る。焼けた石の熱さをゴム草履の裏に感じて、水辺に着く。おそるおそる水に入る。冷たいと感じるのはそのときだけで、すぐにもぐる。河原に寝転んで冷えた体を温めていると、澄んだ水のなかでヤマメやハヤがゆっくり泳ぎ、石のかげでカジカが動く。ときどき茶色のヤツメウナギがおどり出て消える。

口のまわりを紫にして桑の実も食べた。秋は川べりの林に入って栗やドングリを拾った。拾ったドングリをどうするわけでもなかったが、あの手ざわりが好きでポケットにいっぱいに拾ったものだ。冬は、ウサギを追い、罠もしかけた。だが、つかまえたことはない。春の記憶があまりないのは、農作業の手伝いで、あまり遊べなかったからだろうか。

この流域は、古くから水不足に苦しみ、水を求めて争いが頻発したところだ。「志和の水けんか」と呼ばれる水争いは、その規模と熾烈さにおいて有名であった。

争いは、この川にある27堰のうちで、最古で最大の2番堰・高水寺堰と他の堰との水の争奪戦であった。

平安末期、この一帯に勢力を誇った高水寺が、寺院領の水田に水を引くため志和稲荷神社前から北東にのびる水路を作った。のちにこの水路が高水寺城の濠水を供給する水路となり、この堰には優先して取水できる水利権が認められた。

南部藩の分封の際にも、この水系が本藩の盛岡藩領となり、他の水系が「飛び地」として八戸藩領になった。優位に立った本藩領の水系は、決してそれまでの慣行を譲らなかった。本流系の農民は、一滴の水もむだにしない水利慣行を築いていったが、水田開発が進むにつれ、水量の少ない年には必ず水の届かない地域が出てきた。田植えができない貧しい農民にとって、長く寒い冬を思うと、それは恐怖でさえあった。

水争いは毎年のように起き、千人を超える農民を動員し、死者が出るような抗争もしばしばであった。この地域の人々にとって、滝名川には命の水が流れていたのである。

村人たちが40余年かけた運動によって、1952（昭和27）年、山王海ダムが完成する。

山王海盆地の36戸の農家と16余町歩の水田、66町歩の畑が湖底に沈んだが、300年も続いた水争いは終わった。この地域の本格的な開発は、それから始まるのである。

この地方が急速に変わりはじめたのは、私が高校に入った昭和33年ごろからである。あちこちでブルドーザが動き回り、耕地整理が始まった。道路と水路が整備されて、回りの風景が変わっていった。その後まもなく、私は社会人となり、転勤で郷里を離れた。

平成8年、30年ぶりに郷里にもどり、盛岡に居を構えた。

今も、両親だけが住む生家にときどき帰るが、そのときこの川を渡る。護岸工事のなされた川はただの水路になってしまい、かつて泳いだ場所さえ判然としない。泳いでいたヤマメやハヤは、どこかへ行った。栗やドングリを拾った林もない。命の水が流れ、子どもたちが遊んだ、かつての滝名川はもうない。

今、私の目の前に広がる水量豊かな田園風景は、昔、水争いがあったことも、川で遊んだ過去の記憶も消してしまいそうな、のどかな風景である。

《平成9年月刊「ずいひつ」1月号》

# 山王海

山王海ダムには、もう15年は行っていない。その後、改修されたダムはどう変わったのか、親子ダムとなった葛丸湖はどんなところか、いつかは行って見たいと思っていた。

「山王海？」

と、そのとき姉と妹は乗り気でない返事をしたが、すぐに出かける支度を始めた。五月の初め、一人で暮らす父のところ（紫波町）に、横浜に住む姉と花巻の妹が集まった。めったに出かけない父を連れて、どこかへ行こうとなったときのことである。

葛丸川に沿って山に入った。

山腹に一、二本、山桜が咲いていた。ほどなく、藍色の水をたたえた葛丸湖に着いた。そう大きくない湖を迂回して再び山中に入る。上の木々はまだ冬からさめていない裸木であった。狭い山道を登り、うねった山道を下ると、山間から山王海ダムが見えてきた。傾きかけた日差しが緑色の湖面を照らしている。

車は、低木の枝が覆う狭い道に入り込み、そばまできている水辺を走る。平野では代かきが始まった。満水の水は、これから大量に放出されていくのだろう。

滝名川を堰き止めて造られたこのダムは、新田義貞らの落人が隠れ棲んだとされる山王海集落を湖底に沈めて、昭和27年に完成した。平成13年に終えた大規模な改修工事で、堤高が24メートルかさ上げされ、堤頂も100メートル伸びた。この工事で総貯水量は4倍にもなったが、このダムを満水にするだけの集水面積がない。そのため、近くの葛丸湖とトンネルで結び、お互いの水を補給し合える親子ダムにした。

「この近くに学校林があってさ、下刈り作業に歩いて来たんだよ。遠くていやだったなあ」

と姉が言う。学校林とダム工事の見学に来たかすかな記憶が私にもある。

「囚人が逃げて、大騒ぎにもなったこともあったよね」

と姉が問うが、耳の遠い父に反応はない。工事には多くの受刑者が携わった。ほとんどが模範囚であったようだが、脱走する者もいたという。

しばらくして、父が言った。

「馬そりごと谷に落ちて、死んだ人もいる」

私は、小学校で先生から教わり、学芸会でも演じてくれた「志和の水けんか」を思い出していた。


ここから数キロ下って志和稲荷神社前に出た流れは、そこから東に広がる扇状地を通って北上川に注ぐ。もともと流量の少ない川であったが流域の開発だけは進み、いつの時代も水不足は深刻であった。

水争いは、神社前から北東に延びる最古で最大の堰、高水寺堰と他の堰との争いであった。神社前はさほどでもないが、少し下ると川幅は急に広くなる。川の中央に中州があり、流れはここから本流方と支流方に別れる。

夜陰にまぎれて誰かがこの堰の流れを変えた。それに怒った一方が、他の堰を止める。小競り合いはしだいに大きくなり、村人は、力ずくで流れを戻そうとする。人を集めに馬が走り、半鐘が鳴る。綿入れを着こみ、蓑（みの）をつけ、鎌や鳶口（とびぐち）を背にした村人が堰にあふれ、堰をはさんで対峙する。流れを止めた土俵を払いに、数人が川原に下りた。怒号が飛び交い、川原に飛礫（つぶて）が降った。

水争いは毎年のように起き、死者が出ることもしばしばあった。三百年も続いた水争いは、このダムが完成して終わる。

わが家は、その本流方の水系にあるが、誰からも詳しい話を聞いたことがない。この地域の人にとって、それは思い出したくも、語りたくもないことだったのかもしれない。

山中を一時間も走り、ダムをほぼ一周して堰堤の見渡せる展望所まで来た。日の陰ってきたダムは、ひっそりとして、水の音さえしない。放水口を覗きこむが、深い底は暗くて見えなかった。

堰堤の法面に、「平安」の文字が見える。かつて、姉たち小・中学生徒が斜面に埋め込む玉石2000個を運んで造ったものだ。雑草のなかに埋もれ崩れかけていたツツジの文字は、広くなった芝面にさらに大きく植え直されていた。

この流域に住む農民が願い続けたもの、それが平安であった。父と姉のそれも、全てのつらい過去がこのダムの底に沈んだ。悲願であったその文字は、それを閉じ込め、封印しているように私には思えた。
下流で起こる「水けんか」のざわめきと半鐘の音は、この辺りまで届いたろうか。馬そりごと落ちた谷はどこだろうか。そんなことを考えながら、深い谷に沿った道を下った。姉が遠くていやだったと言った道のりも、車だと四、五分であった。

志和稲荷神社前に出た。
視界が大きく開け、同時に、ため息が出た。ため息は、山道を運転してきたその緊張が解けたからでもあるが、むしろ、入り込んでしまった山王海の重い過去からやっと抜け出た、それであるような気がした。
太陽は山陰に回ったが、平野はまだ明るい。代かきの終わった水田は空を映して光り、何枚も続いていた。

《平成19年　第2回「啄木・賢治のふるさと『岩手日報随筆賞』優秀賞受賞作》

# 逃げ水を追う

私は23歳で岩手県を離れ、53歳のときに戻ってきた。ちょうど30年間を県外で過ごしたことになる。仙台、東京、福山（広島県）、小山（栃木県）と移り住んだが、もっとも印象深いのが福山である。

3月半ばのある夜、五反田（東京）の社宅に、あす転勤の内示があるからと上司から電話があった。「はい。分かりました」と応えたが、お酒が入っていたので赴任先がはっきりしない。福山と聞いたような気がしたので、地図を広げて探してみた。どうしても見つからなかった。昭和63（1988）年4月1日、まったく知らなかった福山市に赴任した。

福山市は広島県第二の都市で、尾道、倉敷、岡山にも近い。瀬戸大橋も赴任した直後に開通して、車で一時間も走れば四国にも渡れた。

福山には4年いることになるが、ここは中国、四国、九州の旅行にはちょうどよい拠点になった。毎年のように親戚の誰かが一週間ほど滞在して、九州、四国へと観光に出かけて行った。近隣の尾道や倉敷、鞆の浦は私と妻が案内役だった。妻は、一年ほどで地元の人に頼まれて観光客の案内をするほど詳しくなっていた。

福山から南に14キロほど先、瀬戸内に突き出た沼隈半島の先に鞆の浦がある。ここは瀬戸内の東西潮流が合流する地点で、鞆の港は潮に乗って航海した昔から「潮待ちの港」として栄えた。

その近くの能登原（のとはら）は、平家が海上封鎖をし、那須与一率いる源氏軍を迎え討ったところだ。敗れた平家は壇ノ浦におちのび、残党は山中に逃れた。半島のなかに、8日間かくれた「八日谷」や武将が鐙（あぶみ）を落としたという「鐙が峠」の地名が残り、「平家谷」と呼ばれる横倉の地には今も末裔（まつえい）が住んでいる。

半島の頂上から暮れる瀬戸内海を眺めたことがある。右手に夕焼けを映した尾道水道がかがやき、眼前に明るい燧灘（ひうちなだ）が光る。下方の海上には薄靄（もや）がかかって暮れかかり、先ほどまで見えていた四国山脈も消えた。しばらくして、海と点在する島々は夕闇の下に沈んでいった。

夜明けとともに釣りにも出た。大小の黒い島々をぬって、金色に輝く海面を朝日に向かって進む。海原に出た釣り船は、金箔をまいたようなきらめきのなかに漂った。今でも忘れられない光景である。

ここを知れば知るほど、郷里のことはなにも知らずにいたと気がついた。万葉の歌人がこの地を詠ったころの岩手はどうだったのか。源氏と平家が戦った時代は。鞆幕府がおかれた時代は。ここの歴史に触れていると年に2度も帰れない郷里が、ますます北のはずれに遠のくようで心細かった。


瀬戸内の四季は、変化がゆるやかだ。あざやかな紅葉は中国山脈に分け入らなければならない。4年間で雪が積もったのは一度か二度だった。生垣のサザンカに乗ったその雪も、昼前には消えた。

その時季になると、岩手の紅葉風景がなつかしく、生家（紫波町）からながめる山並みに突き出て白く光る早池峰山や、西日をあびたおだやかな岩手山が思い浮かんだ。声は聞こえないが、こたつで話している両親も見えた。

栃木県の小山市に移った。ここから、かろうじて見える山は北に男体山と東に筑波山だけだった。茨城と栃木県の広い平野を車で走っていると、山が見えない曇り日などには、自分がどこを走っているか分からなくなることがあった。岩手のように近くに山があればそんなことはないのに、と思ったものである。

平成8（1996）年に岩手に戻り、すでに12年もたつ。

福山にかぎらず、歩いてきたところをたまに思い出す。その時、かつて住んだその地が懐かしくなる。そして、郷里をあれほど知りたいと思ったそのことさえ忘れ、ただ身を置いてきただけと気がつく。

ふるさとは、自分に言い聞かせない限り、どこまで行ってもつかめない逃げ水のようなものだ。それは、もともと「在る」ものではなく、その地を離れて初めて自分のなかに「作られる」ものだからだ。30年間、逃げ水を追ってきた。

《平成20年10月19日　岩手日報「みちのく随想」》

# 北帰行

暖かい日が続き、やわらいできた風景に春のきざしを感じていた。だが、今朝の雪が、また冬のものに戻してしまった。それでも雪は昼前にやみ、暖かい日射しが、積もった雪の大半をなくした。

風もなく、おだやかな2月最後の週末、ついさきほどまで西の空に輝いていた金色の帯が、光量を落として奥羽山脈にかくれようとしている。上空はまだほのかに明るいが、東の空から薄暗い夜の空が迫っていた。

びっくりするほどの羽音が背後から聞こえ、頭上で甲高い鳴き声がした。見上げると手の届きそうなところを20羽ほどの白鳥が飛んできた。羽ばたきをそろえ、定規で引いたような隊列は、真北の一点を目指して飛んでいく。暗くなった空に翼が抜けるように白く輝いていた。

わが家は、盛岡市の北の方向にあるから、近くの高松の池から飛び立った鳥たちであろう。私は帰宅の足を止め、鳥たちが暗い北の空にとけこむまで見送っていた。

翌日の夕方、西日を受けた岩手山の中腹を切るように飛ぶ白鳥を見た。雫石川（盛岡市内で北上川に合流）から飛び立ったものだろうか。列は、細い絵筆で引いた線のようにも、羽ばたく翼が白い小花を連ねたようにも見えた。さらに数日後、すっかり日が落ちた月明かりの空を、北に向かう鳥たちを見た。鳴き声に気づいて家の窓から見送ったのだが、こんな時間にどこまで行くのだろうかと驚いた。

今まで、この鳥を見るのはいつも動物園の池などで、一羽か二羽、うす汚れて寂しそう泳ぐ姿だけであった。大柄なこの鳥を好きでもかわいいと思ったこともなかった。全国のあちこちを転勤で歩いてきたが、白鳥の飛ぶ姿を見た記憶もない。

いつのころからこの地で越冬するようになったのかは知らないが、私がこの地を離れた30年ほど前にはいなかった。もっとも、あのころは川も池も凍っていたから餌がなくて越冬ができなかっただろう。今は、盛岡市周辺に数千羽が越冬するという。平成8年4月に郷里に戻って、翌年の冬に見た白鳥の北帰行であった。

長い旅に出た鳥たちを見送り、そのたびに無事にと願ったが、私には別の思いがつのった。それは、これから何千キロもの旅に出るのに、不安や迷いはないのだろうか。せつないほど一途に飛ぶ鳥たちに、気品さえ感じるのはなぜだろう。そして、このすがしさは、何なのだろうか。そんな思いだ。

それは、何の迷いもなくいさぎよく生きたいと思う私の願望を、鳥たちの姿に見たからかもしれない。それとも、30年も郷里を離れて暮らし、どこにいても、いつかは郷里に戻りたい。そう思いながら過ごしてきた自分の過去もまた、長い北帰行だったと思うからだろうか。

《平成12年3月15日　岩手日報「ばん茶せん茶」》

# 村人たち

私の生家は旧志和村（現紫波町）で、94歳になる父が一人でそこに住む。ときどき帰るが、そのとき近所のお年寄りに会う。

「おじいちゃん見に来たの？　きのう、自転車で農協に行ったけよ。元気だね」

買い物は、私たち兄妹がするようにしているが、たまに父も出かけているようだ。

「転ばないか、みんなで見ているの」

「あっちでも、こっちでも見ているの」

水田地帯だから見通しは良い。少しふらつきながら自転車で走る父を、作業の手を休めてみんなが目で追い、少しの荷物をつけて帰ってくる姿を見つけてもそうだと言う。父を

見守るお年寄りは、みな八十歳台である。

ここは、近くを流れる滝名川の流域にあり戦前までは水争いが頻発した地である。昭和27年に山王海ダム（紫波町土館）ができ、のちに葛丸湖（石鳥谷町大瀬川）とトンネルでつなぐ親子ダムになって水の心配はなくなった。今は県内有数の米の生産地になっている。農業の基本要素は土地と水で、特に重要なのが水だ。水の豊富な日本では土地を重視しがちであるが、水がなくて農業が成り立たない広大な土地は世界中どこにでもある。水争いは日本中のあちこちにあったらしい。だが、「志和の水けんか」は、その規模と頻度、熾烈さにおいて、全国的に報道されほど突出していた。

３００年以上の間に、この地方は三、四年ごとに凶作にみまわれ、18年に一度は餓死者を出している。干害の被害は決まってこの地域に発生し、水争いはそのたびにおきた。記録に残る大きな争いは36回を数える。厳しい歴史は、村人の忍耐力と闘争心を鍛え、難題は村の強い結束力で乗りこえてきた。それは村の自治能力を高めることにもなった。

昭和30年ごろからこの流域の耕地整理が進み、広大な水田地帯となっていく。私が高校に進んだころだった。

地面を這うような農作業は、耕運機で立っての作業になり、トラクターでは座っての作業に変わっていく。機械化によって作業は格段と楽になり、化学肥料と農薬で簡単にもなった。「結」という作業集団で行ってきた田植えや稲刈りは個人の機械で済むようになり、村人が協力して米をつくっていた時代が終わる。同時に、老いた先輩たちの知恵と技（わざ）は不要になった。

花見、さなぶり・盆踊り・鎮守の祭り・芋の子食いなどの行事も少なくなって、しだいに村の一体感は薄れていく。


世代を戦前、戦後に分けて呼ぶことがある。太平洋戦争が始まった昭和16（1941）年以前に生まれた世代を戦前派、戦争の終わった昭和20（1945）年以降に生まれた世代を戦後派と呼び、その間を戦中派と呼んでいるようだ。だが、ここでは山王海ダムができたあたりを境に、その前後で世代を区分できる。ダムが完

成したころすでに働き手となっていた世代とその後の世代に、である。それは、この流域の苦難の歴史を知っている人と、そうでない人とも言える。

父のところに行くと近所の人に会い、挨拶を交わす。親しく話しかけてくるのは、いつも前者の人たちである。

父を案じて見守る視線は、かつて志和村と呼ばれていたころの村人のものだ。この地域の変わりようを見てきた彼らのまなざしは、この先を案じながらも、それを見守ろうとするやさしいまなざしである。

母が亡くなり、ひとり暮らしの父が、ここを離れようとしないのはこのような人たちがいるからである。

（写真「写真誌・志和ものがたり」）

《平成年19年7月　文芸誌『北の文学』第55号》

# 消えた仏たち

## ――信仰と風習の行く末――

私が通った片寄小学校（紫波町）までの通学路は、ほとんどが田んぼのなかだった。家を出て間もなくのところに、北に向かう道路と西の学校に向かう三叉路があって、その脇に「馬頭観音」の碑が2つと、朱の前垂れをかけた一体の「お地蔵さん」が立っていた。学校の行き帰りに、気が向けば拝む格好（かっこう）だけはしたものである。

【紫波町新里地区に立つ碑群】

かつては、村のあちこちにお地蔵さんや馬頭観音の碑が立っていた。昭和30年代から始まった耕地整理で、馬車かリヤカーしか通れない曲がりくねった道がまっすぐになり、拡幅舗装されるたびにこれらが消えた。だが、道路わきに移されて残ったものもある。

紫波町新里地区に残っている碑は、しっかりしたコンクリートの台座に12基も並んでいる。たぶん、この辺りにあった碑を集めたものだろう。中央の一番背の高いのが「馬頭観音」碑で高さが1・5メートルぐらい、その左右に小ぶりな「山（の）神」碑が立つ。お地蔵さんはないが、他に小さい馬頭観音碑が3つ、山の神が2つ。そのなかで建立の年が明治と昭和と読めるものが3つだけで、あとは風雪にさらされて碑銘すらよく読めない。もう自然石のようになっているものもあるから、そうとう古いもののようだ。

馬頭観音も地蔵さんも菩薩である。菩薩とは、悟りを開いて「如来」になるために精進する修行者を言い、仏の世界と私たちの住む世界のかけ橋になってくれる仏たちである。いろんな手法で私たちを救おうとするが、それも修行のひとつである。よく知られる文殊菩薩は人々に知恵を授けて導き、普賢菩薩はあらゆるところに現れて命ある者を救う。千本の手ですべての生き物を救済しようとするのが観音菩薩の変化身、千手観音である。

仏教でいう六道（地獄・餓鬼・畜生・修羅・人間・天）のうち、牛や馬が住む畜生道の世界に迷うものを救い、家畜の安全と健康を守ってくれるのが馬頭観音で、この六道を巡り歩いて苦難を引き受けてくれるのが地蔵菩薩である。地蔵菩薩はこの世で手を合わせると地獄からでも救ってくれるありがたい仏さまで、人は親しみを込めて「お地蔵さん」と呼んだ。どちらも、秘仏ではなく庶民的な仏である。

農耕に欠かせないのが水。その源が山である。そこに住む「山の神」は、春になると山から降りてきて「田の神」となり、秋に豊饒をもたらして山に帰る。正月にやってくる「歳神さま」も同じ神である。

この地方（旧・紫波郡志和村）は、水不足がひんぱんに発生し、そのたびに水争いがおきた。水不足と冷害がかさなるとたちまち飢饉となり餓死者がでるほどだった。この地の人びとは、来る年、来る年、災厄忌避と豊作を「山の神」に祈って新しい年を迎えた。

村人は飢餓の恐怖を神と仏にすがってしのぎ、現世と来世に救いを求めてきた。力仕事を担ってくれる牛や馬は家族同様にあつかい、育て、死ぬと手厚く葬り碑を建てた。

日本人は遠い昔から、目に見えない仏や神を像や碑に現し、身近に置いて心の支えにしてきた。その祈りの「形」が、あの碑である。村人が協同して作ったこれらの碑は、誰でもいつでも拝めるところ、そして、村を守って欲しい願いから、村の入り口か「辻」に建てられた。だが、何百年も続いてきた信仰と祈りの「形」が農業の近代化で消え、同時に、素朴な信仰と風習もなくなった。

曲名に「地蔵」のついた流行歌は、戦前戦後通じて20曲ぐらいあるそうだ。そのうち17曲が昭和30年から40年代初めに創られたものだという。よく知られているのは、三橋美智也が歌った『おさげと花と地蔵さんと』（昭和32年）だろうか。春日八郎の『別れの一本杉』（昭和30年）と美空ひばりの『花笠道中』（昭和33年）の歌詞にもお地蔵さんがでてくる。

歌は、消えゆく路傍のお地蔵さんを悼んで創られたのかもしれない。お地蔵さんの立つ風景に郷愁を感じたから、流行ったのかもしれない。私の目の前から仏たちが消えたのもそのころである。

かろうじて残っているこれらの碑の、残されたいきさつと残した人の思いを知りたいものである。

《岩手日報『みちのく随想』平成30年1月23日》

# 故郷の廃家

♪ 幾年ふるさと 来てみれば／咲く花 鳴く鳥 ／そよぐ風……

唱歌『故郷の廃家』（作詞・犬童球渓　作曲・ウィリアム・ヘイス）の原詞は、『モノマネドリが歌い、白モクレンの花が咲いていたわが家に、海を越えて久しぶりに戻ってきてみたが、花は枯れ、鳥は歌わず、まわりは知らない人ばかり。私はまたさすらいの旅に出なければならないのか』といった詞である。

母は15年前、父は3年年前に亡くなって、生家は空き家になっている。そうはならないと思っていても、つい「廃家」ということばを連想してしまう。

母の13回忌やら父の1周忌で兄妹が集まるし、お盆には親戚が線香をたむけに来るはずだ。そのうち父の３回忌もめぐってくる。草刈りや畑仕事にも来なければならない。そのために電気、ガス、水道は止めてないでおこう。だが、それが済めば姉弟が集まる機会も少なくなる。いつまでもこのままにしてはおけない。誰も住むことはないからいずれ処分することになる。父の一周忌のときにそういう話にはなったが、それからが進まず、年月だけが経ってしまった。

問題は、家ばかりでなく田んぼと畑をどうするかだ。田んぼは親戚に頼んでいるが、その親戚も齢だからそろそろ……と言い始めた。畑は４，５００坪あるから家庭菜園のようにはいかないし、県内に住む妹と二人でやっていけるのも限界にきている。畑仕事のために通うとなれば家はあった方がよいのだが、家はもう60年以上経って痛みもはげしい。この家がどうなるか分からないまま、修理するわけにもいかない。そのめどがたたないと、中の家財を整理する気にもならない。田畑の買手か借り手がすぐにみつかればいいが、そう簡単ではないだろう。

姉弟４人で何度か話し合ったが妙案は出てこない。出てくるのは思い出話だけで、それも脈絡なくあちこちに脱線して飛ぶ。

今の家は昭和31年に建て替えた家で、そのとき姉は高校生で私が中学2年、妹たちはまだ小学生であった。私たちは次々と高校に入学してこの家を離れた。

話はどうしても幼いころ暮らした古い家のことになる。古い家は茅葺きの粗末な家だった。昔の農家はどこも間取りは似たようなもので、南向きに玄関と縁側があり玄関戸を開けると土間があり囲炉裏があってその奥が台所だ。縁側は常居（じょうい）に続き奥が西寝床である。東寝床があり、その奥が西に縁側のついた座敷である。

台所はいつも薄暗くどこも煤（すす）で黒光りしていた。ご飯はヌカ釜で炊いていたが、汁物は鍋を自在鉤（じざいかぎ）に下げてつくっていた。食事は暗い電球の下で飯台を囲んで食べたものである。

学校の宿題は、縁側や常居で腹ばいになってしていたが、冬はコタツに入ってだった。吹雪の夜は隙間風が入り、家の中できらめくものが舞った。トイレと風呂は庭をはさんだ外で、夜のトイレと風呂の水汲みに苦労したことは、みなよく覚えている。そんなところでよく暮らしたね、と笑う。

ついつい昔のことに脱線してしまうのは、生まれ育ったこの地と家がなくなる寂しさがどこかにあるからだろう。

両親が苦労して手にした土地と家。姉弟が育ったこの家。田植えや稲刈りでは家族総出で働き、家族7人がつつましく暮らした家。それがなくなったあと、たまたまここを通って自分たちが育った場所を見たとき、何を感じ、どんな思いになるだろうか。たぶん、詞が詠っているように、ふるさとを失い、さすらいの旅に出た寂しさに似たものではないだろうか。

なにも決まらず、どこかに相談してみようというところに落ち着くのだが、姉弟で男ひとりの私がいつもその役を仰せつかる。さて、どこから手をつけようかと思いながらも先に進まない。もう私の心がさすらい始めている。

どうも、自分の気持ちにケリをつける方が先のようである。

《文芸誌『天気図』17号　令和1年6月》

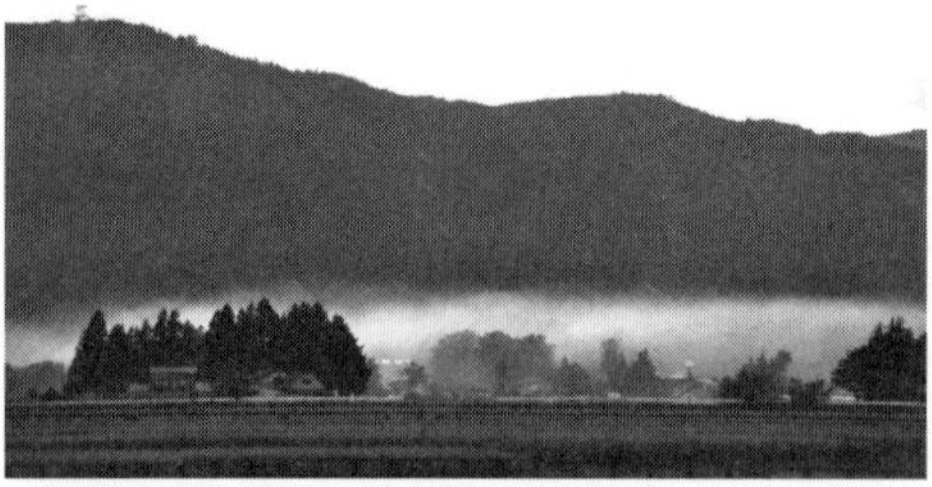

【夕暮れのモヤがたなびく生家付近。撮影 2016.8.14.18.19】

# Ⅲ 峠越え（自然）

# 女郎蜘蛛（ジョロウグモ）

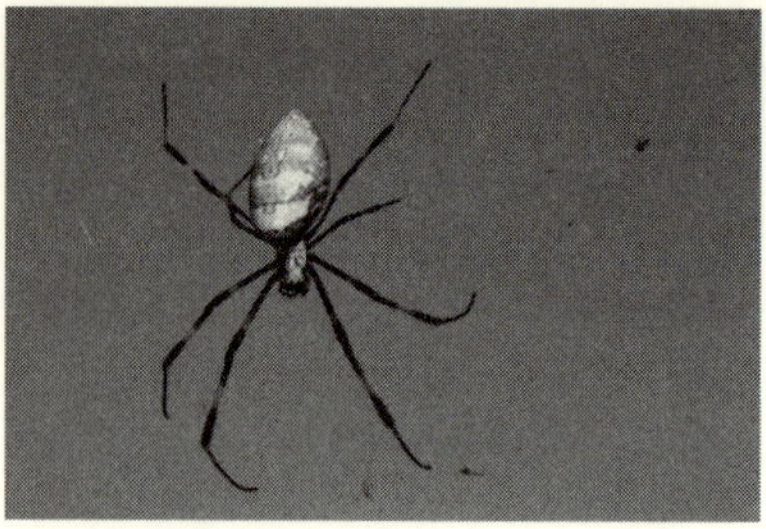

9月下旬の晴れた朝だった。玄関を出て庭に回ろうとしたとき、何かが顔に張りついた。クモの糸だ。通路をふさぐようにかかっている巣が振れている。糸を切ってしまったらしい。巣の中ほどにいるクモは張りついたように動かない。五、六匹の小グモが巣の端に逃げてゆく。

ナツツバキとナナカマドの枝に張った何本かの横糸を、通路をはさんだバラの枝に引き、その下に細かい編み目の巣が下がっている。昨日まではなかった気がするから、昨夜か早朝に張ったのだろう。

これほど大きな巣をかけるのはジョロウグモである。8本の長い足は黒に黄の横縞が入り、背はそれに青味が加わる。腹部は真っ赤な格子紋様だ。見た瞬間はぎょっとするほど毒々しいが、よく見ると美しい。これほど派手なクモを他に知らない。

それにしても、「女郎蜘蛛」とはよく言ったものである。そのあでやかな色彩から遊郭の女になぞらえたのか、雄をも食べてしまう生態から男を手玉にとる女郎を連想したのか。

クモは、家の中にも家のまわりにもいて、幼いころからよく見ていた。明かりをつけるとすばやく冷蔵庫の下に逃げ込むゴキブリや、ところかまわず這いまわるアリとは違って、クモは、もの陰か隅でエサとなる獲物が通るか飛んでくるのをじっと待つだけである。

私はクモが嫌いではない。と言って好きでもない。殺した記憶もない。殺した記憶がないのは、クモは家の中の虫を捕ってくれる害のない生き物だと教わったからかもしれないが、むしろ、クモの巣を見つけても巣を払っているうちにすぐにどこかにかくれてしまうからである。

今は家の中でクモの巣を見ることはまずなくなり、外でもあまり見かけなくなった。すっかり忘れていたクモを、こんな間近で見るのは久方ぶりであった。

翌朝、朝日に光る巣は大きく壊れ、半分ほどになっていた。蛾（ガ）の羽のような破片が下がっていたから、夜にかかった蛾が暴れて壊れたのだろう。中ほどにいるクモはあいかわらず、じっとして動かない。

クモは8個の眼をもっているが視力はゼロに近く、感触のほとんどは糸に頼っているそうだ。たしかに、体をつついてみるともぞもぞと動くだけだが、糸に触ると反対側にすばやく逃げる。でも、風の揺れでは動かないから、その振動で餌かどうか、巣のどこがどれだけ壊れているのか分かるのだろう。では、感覚器官である糸を全部失い地に落ちたクモが、糸を張る場所や足がかりをどう探すのだろうか。あの色彩は保護色でもなさそうだし、毒グモに見せるカモフラージュなのだろうか。不思議な生き物である。


クモは、形がグロテスクで薄暗い所に巣を張って潜むことから「不気味」なイメージがある。昔は不吉を告げる不気味な時間が夜であったから、夜とクモが結びついた。日本各地に「絡新婦（じょろうぐも）」という妖怪がいて、滝つぼに化身が棲むという「浄蓮の滝」（静岡県伊豆市）のような伝説も生まれた。だが、「夜グモは悪夢を捕まえてくれる生き物」と言い伝えられているところもある。

夜のクモと違って朝のクモは、幸福を運んでくれる縁起のよい生き物とされていた。クモが網を張るのは晴天の日のみである。だから、農民にとっては仕事がはかどり、商人にとっては客が寄って来る一日の「兆し」であったのだ。

晴天を招き、福を導き、おまけに害虫も食べてくれるクモは、意外と人間と近い存在であった。さまざまな伝説を生むことになったのはその不思議さ故なのだろう。

アメリカ映画に「スパイダーマン」シリーズがある。主人公はクモの特徴を備えたスーパーマンであるが、アメリカでもクモは不思議な生き物と思われているのだろうか。

今朝になったら、壊された巣は見事な編み目に修復されていた。あでやかなジョロウグモは、あいかわらず巣の真ん中で動かない。

【火を吐く子グモを操る・絡新婦】

《松園新聞『100字の散歩41』平成29年12月号》

# スズメが群れるわけ

地表が雪に覆われた冬に、鳥たちはどのようにして餌を探し出すのだろう。自分の目で探すのだろうが、そう簡単に見つかるのだろうか。

カラスは100か所ぐらいの餌場を覚えているというが、本当だろうか。どの鳥も、どこにどんな餌があったのを記憶しているものだろうか。

雪が降った朝、四、五羽のスズメたちが雪の上を飛び歩いて餌を探している。雪の降る前、いつもそこに餌をまいていたからそれを探しているのだ。

雪が降れば餌を探すのが苦労だろうと板材を買ってきて、餌台を作った。60センチ×50センチほどの薄い台で、真ん中に細い板を渡してリンゴやミカンが刺せるようにもした。

それを高さ40センチのコンクリート製溜枡の上に置いた。これで餌台の雪さえ払ってやれば、雪に埋もれてしまうことはない。

しばらくようすを見ていたが、スズメたちはそれにまったく気がつかない。あい変わらず、雪の上で餌を探している。


翌日、ナナカマドの枝で2羽のシジュウカラが飛び交っている。向かいのサクラの枝にヒヨドリもいる。餌台に気づいたようである。シジュウカラはまっすぐ降りてきて、ヒマワリの種を持っていった。近くの枝で器用に食べては、また降りてくる。それでもスズメはまだ雪の地面だ。

ヒヨドリは近くの低い枝で、スズメが去るのを待っている。去ると、台の上を木から木へとしばらく飛び回る。地面近くに降りてくるのが苦手なのか、なかなか降りてこない。降りても餌台の縁から落ちそうになっては羽を広げてじたばたしている。もっぱらリンゴをつついて、穀物にはあまり関心がないようだ。

三日目。キジバトが2羽乗った。シジュウカラは、あいかわらず台と木の枝を行ったり来たりとせわしい。スズメたちは、まだ解け残った雪の上をせわしく動き回っている。

四日目に、ようやく一羽のスズメが台の上に乗った。仲間がそれに気づいて乗るかと見ていたが、それもない。

五日目の早朝。窓から餌台を覗くと、盛り上がるように黒くなっている。よく見ると30羽ほどのスズメが餌台一杯に群がっていた。

キジバトはあれから見ていないが、シジュウカラやヒヨドリはいつも2羽か3羽で来ている。スズメが群れで来るようになったのは、台の餌を見つけたスズメが仲間に教えたからだろうが、それでも3日ほど遅い。どうも、スズメの視力はシジュウカラやヒヨドリに劣るが、それを群れの眼とシステムが補っているようだ。多くの眼で餌を探し、たまたま見つけた餌場は教え合うシステムがスズメたちの生きる術（すべ）なのかもしれない。なかなか仲間思いの、かわいいスズメたちである。

でも、どうして見つけたらすぐ仲間に教えないのだろう。スズメの世界にも仲間に餌場を教えるのはまず自分が食べた後、という発見者の「特権」があるのだろうか。

スズメは成鳥になれば3年は生きるそうだ。だが、その年に巣立った子スズメの4羽のうち3羽は冬を越せないという。幼鳥にとっては、餌の虫も田んぼの落穂もなくなった寒い今が正念場なのだ。

庭に群がるスズメたちの中に幼鳥がいるのかどうか、私には見分けがつかない。もしいるのならば、仲間とともにこの冬を無事に越してほしいものである。

《文芸誌『天気図』第15号 平成29年1月》

# 塒（ねぐら）

すっかり葉を落として明るくなった雑木林に時雨（しぐれ）がそぼ降る。林の向こうに見えるはずの岩手山が灰色の雲に隠れてしまった。風もなく、動くものはなにもない。落ち葉の積もった地表に、音もなく雨が降る。

さっきまで梢（こずえ）で遊んでいたスズメたちも、直線を描いて木々をわたるシジュウカラもいなくなった。不器用に飛び交うヒヨドリや、おそるおそる庭に出てくるキジたちもどこかでじっとしているのだろう。

わが家の庭から続く雑木林を眺めて過ごし、20年余が経つ。

栃木県小山市に住んでいたとき、会社を定年退職したら郷里に戻ろうと銀行の支店長だった友人に土地を探してもらった。自然が豊富なところ、できれば岩手山が見えるところ。紹介された3カ所ほど見に来たが、気に入ったところがここだった。そして、平成8年に家を建てた。

林の木々が葉を落とした冬には岩手山が望め、春には若葉がそれを隠す。ヤマザクラが散って木々の根元にヤマブキの花が咲く。夏、蝉時雨につつまれた林は、陽が陰るともの悲しいヒグラシの音に代わる。アカマツ（赤松）に絡みついたツタの葉が赤くなり、風もないのにコナラの葉がハラハラと散る。雪の朝、裸木に乗った雪が陽光に輝き澄んだ空に映える。スズメたちが小雪を落として枝先で騒ぐ。

そんな四季の光景を眺めてきた。だが、それも今年が最後になりそうだ。この雑木林が宅地になるというのだ。

土地の境界を確認に来た市役所の職員と測量会社の係員が、造成工事は年明けに始まると言った。図面を見せてもらうと、庭から北上川に下る林の大方に斜線が引いてある。「この林の木は全部切ってしまうのですか？」と問うと、「斜面に段差をつけるでしょうから少しは残るでしょうが、たぶん高い木はほとんど切るでしょうね」との答えだ。「少し残してくれませんか」と頼むが、「そう言われても、私どもには……」とことばを濁す。所有者でも施主でもない彼らに答えられるはずもない。

北隣のSさんは、「この林があるから、ここに家を建てたのに……」とこぼし、南隣のKさんは、「風通しがよくなり、北風がまともに当たりそう。……」と心配する。11月の始めのことである。

林は住宅地に囲まれているがけっこう広い。私がここに居を構えたのは、その林の端が宅地に造成されたばかりだった。家を建てたころは多くの動物を見かけた。

ニホンカモシカが2度庭に顔を出し、幼かった娘が「鹿、鹿！」と指さした。野ウサギの足跡を追うように一直線のキツネの足跡も見た。以来、カモシカもその足跡も見かけないが、最近も、落ち葉の上を走っているイタチを見たし、タヌキがデッキの下にかくれてもいた。いつもにぎやかなのはもっぱら鳥たちである。常連は、スズメ、シジュウカラ、ヤマガラ、カワラヒワ、ヒヨドリ。

そして、ヤマバト、キジだ。アカゲラ、オナガもたまにきた。キジは番（つがい）だったり、2羽の幼鳥を連れていたりする。

雨がやみ、西空がほんのり色づいてきた。まだ3時をまわったばかりなのに、もう夕方の風情である。林は、あい変わらず静かだ。何も知らない彼らたちは、木々の小枝や藪（やぶ）に身を潜めてまだ時雨をしのいでいるのだろう。ここの林がなくなると、近くの林は2キロほど北の四十四田ダムあたりになるだろうか。動物たちの遊び場や餌場だったこの林がなくなっても、鳥たちは飛んで移っていけるだろうが、リスやキジたちはどうするのだろう。

林がなくなって、いつでも岩手山を望めるのもよいかもしれない。まともに西日が差し、北風が当たるのも心配だが、庭に山のように積もる落ち葉に悩まされることもなくなるだろう。周りに自然がなくなり、彼らの姿が見えなくなるのも寂しいが、それでも私はここに住み続け得る。だが、彼らはあたらしい塒（ねぐら）をどこかに探さなければならない。

《松園新聞『1000字の散歩43』平成30年2月号》

# 峠越え

昨年末、友人が『峠越え』(浅沼誠子著・盛岡出版コミュニティ)を出版した。文芸誌『北の文学』(岩手日報社刊)に入選した作品群をまとめたものである。「盛岡藩を主舞台に織りなす庶民の哀感、明日に希望を託す心地よい余韻……」と、作家の松田十刻氏が推薦文を寄せている。

贈っていただいた本を手にしたとき、「峠越え」ということばになぜか惹かれた。どこか、穏やかでなつかしい感覚を覚える響きである。高校生のころ遊んだ白樺林の早坂峠(高原)やツツジの咲く平庭峠を思い出すのか、区界峠でキャンプをして兜明神に登った記憶があるからなのか。あるいは、小説で読んだ「峠の茶屋」をイメージするからだろうか。

峠は小説によく出てくる。

『大菩薩峠は江戸を西に距（さ）る三十里、甲州裏街道が甲斐国東山梨郡萩原村に入って、その最も高く最も険しきところ、上下八里にまたがる難所がそれです』

（中里介山・「大菩薩峠」）

『工女がお互いに体をひもや帯で結んで、大きな声で励まし合い、念仏を唱えながら峠を越えていくのを見た。……その女の悲鳴が野麦の谷々に響きわたり、峠の地蔵様はそれを黙って見守っていた』

（山本茂実・「ああ、野麦峠」）

夏目漱石の『草枕』には、雨に煙る鳥越峠・野出峠（熊本市）で馬子に会う場面が出てくる。川端康成の『伊豆の踊子』は、雨に追われて天城峠（伊豆市）の茶屋に逃げ込むシーンから始まる。司馬遼太郎に『峠』という作品もある。

峠は人間の浮き沈みや人生の岐路、運命の出会いと別れを暗示するうってつけの場所なのだろう。

岩手県の笛吹峠（県道35号・釜石遠野線）には、『昔、青笹村に継子の少年がいた。馬放しにその子を山にやって四方から火を放って焼き殺した。笛を愛していたその子は火の中で笛を吹きながら死んだ（遠野物語拾遺）』と伝えられ、上閉伊郡誌には、『冬期、吹雪の候にはしばしば方向を誤りて危難を招くことあり、笛吹の名称は「ふぶき」により出でたる転訛なり』とある。

「仙人峠」（国道２８３号・遠野釜石間）は、ここに仙人が住んでいたとも、近くの鉱山で１０００人が生き埋めになって名付けられたともいう。どちらも悲しい話が名の由来である。

雲雀（ひばり）より／空にやすらふ／峠かな　（芭蕉）

雲雀より高いこの峠で自分は休み、下の方で雲雀がさえずっている。そう芭蕉は詠っているが、どうも、岩手の峠は、私のイメージしている「ほっと一息つく」ところではなさそうだ。むしろ、苦難の場所が多かったのだ。

岩手には１００近い峠があるそうだ。そこには１００の物語と無数の人間ドラマがあったろう。今はそこを歩いて越えることはまずない。道路は拡幅舗装され、難所はトンネルで避けられた。

そこに峠があったことさえ忘れている。

だが、ことばとしての峠は健在である。「夏の暑さも峠を越した」とか「この仕事も峠を越した」などと使う。「人生の峠に差しかかる」ともいう。

私は人生の峠を越えたのか、それともこれからなのか。いろいろあったあれが「峠」だったのか。年齢からすればすでに峠を越してしまっている。苦労もせず、知らぬ間に「人生の峠」を越しているのなら、それはそれで喜ぶべきことかもしれない。

弥生3月。「寒さの峠」はもう越えた。

《盛岡タイムス『杜陵随想』平成30年3月29日》

【大菩薩峠】山梨県甲州市塩山上萩原と北都留郡小菅村鞍部の境にある峠。
【野 麦 峠】岐阜県高山市と長野県松本市の県境にあり、飛驒国と信濃国を結んだ峠。

**岩手県の主な峠（96）**

【遠野市（18）】馬越・小田・樺坂・蕨・荷沢・赤羽根・丸森・糠森・小友・新平田内楽木・小・忍・鶉子・界木・笛吹・神遣・仙人【一関市（10）】植立・繰石・牛山・黒地田・奈良坂・枯木・市道・地蔵・笹ノ田・越路【宮古市（8）】立丸・押角・つかの・龍ヶ飲水・雄又・小・寒風・白浜【花巻市（7）】折壁・中山・谷内・樺・峰越・古田・拝【久慈市（6）】平庭・卯坂・大月・角掛・細越・白石【下閉伊郡岩泉町（5）】石・オマルベ・松坂・御沢・早坂【奥州市（5）】鹿喰・田原・山毛欅・下・五輪【釜石市（4）】恋ノ・鍬台・赤坂・鍋倉【気仙郡住田町（4）】秋丸・姥石・六郎・箱根【岩手郡葛巻町（4）】大・サッ・鈴・国境【大船渡市（3）】大・白石・羅生【八幡平市（3）】見返・大場谷地・貝梨【岩手郡雫石町（3）】国見・山伏・仙岩【九戸郡軽米町（3）】五枚橋・猿越・赤石【盛岡市（2）】区界・長野【陸前高田市（2）】通岡・飯森【二戸市（1）】小　【滝沢市（1）】篠木坂【岩手郡岩手町（1）】大坊【和賀郡西和賀町（1）】萱【西磐井郡平泉町（1）】東岳【九戸郡洋野町（1）】ノソウケ【下閉伊郡山田町（1）】祭神【下閉伊郡田野畑村（1）】越ノ石【二戸郡一戸町（1）】十三本木

# 雑草考

「そろそろ、畑を掘らなくてはね」

4月に入って間もなく、花巻に住む妹から電話があった。

2年前、ひとり暮らしだった父が亡くなり、生家（紫波町）が空き家になっている。ひと冬を空き屋のまま越した家もそうだが、そろそろ畑の雑草が伸び始めただろうと心配になっていた。ほったらかすと雑草が茂って手に負えなくなるし、しょっちゅう草取りをするくらいなら、やはり、去年のように豆でも植えたほうがよいだろう。少々気が重いが、まずは草取りから始めなければ、と思っていた矢先だった。

畑の雑草で、いち早く出てくるのがスギナである。ていねいに根まで取らないと、またすぐに出てくる厄介者だ。いつだったか、スギナの退治方法を調べたことがある。

スギナは、茎と葉が分化していない原始的な植物で種子をつくらない。花にあたるのが地下茎でつながったツクシで、これが胞子を飛ばして増殖する。3億年前の石炭期に繁栄し、当時は高さが数十メートルにもなって森を作っていたそうだ。これらが化石化したものが石炭である。昔の人は、「根は地獄まで伸びている」と嘆いていたくらいで、かんたんには根絶できないしろものだ。唯一の方法は、「ほっておく」ことなそうだ。

自然界は競争社会、ほっておくと他の強い植物がはびこり、弱い植物は淘汰されるからだという。だが、スギナが他の植物に置きかわるだけだから除草には現実的ではない。そう「雑草生態学」の先生が言っていた。

じつは、雑草は弱い植物である。強い植物に追いやられ、過酷な条件下でも生き延びる術（すべ）をあみだしたのが雑草なのだ。雑草には、雑草と呼ばれるいくつかの特徴がある。まず、旺盛な繁殖力だ。発芽のタイミングがバラバラで、一斉に枯れることがない。安全で確実な時季に発芽し、早く成長してすぐに花を咲かせる。特定の昆虫にたよらず花粉を運ぶ多様な方法をもち、種子を多産する。種子は光が当たるまでじっと地中で眠り、条件が整ったときにだけ目覚める。そして、やせた土地でも深く根を張り、切られてもすぐに再生する強靱な生命力と再生力をもつなどだ。
「踏まれても雑草のように起き上がる」というが、雑草は踏み続けられると起き上がらない。起き上がるためにむだなエネルギーを使わず、生き延びる方に使うようになるのだという。葉が枯れずにしおれたまま地面に張り付いて冬を越すのも、葉を伸ばす手間を省き、雪が解けたらいち早く光を浴びるためである。弱さゆえのたくましさがある。

嫌われ者の雑草だが、牛や馬の餌にも肥料にもなった。ヨモギやフキ、ドクダミのように食用にも薬用にも利用してきた。日本人は、やっかいなものも巧みに利用してきたのである。そして、雑草も命あるものとして「草木塔」を建てて感謝し、駆除した虫でさえ「虫供養」をしてきた。

雑草を英語で「ウイード」といい、「やっかい者」とか「嫌われ者」だけにたとえられるが、日本では、「温室育ち」というより「雑草のようだ」と呼ぶ方がほめことばである。それは、日本人が雑草をやっかいなものとして嫌う一方で、その価値と強さをちゃんと認めている

からである。「雑草とは、未だ人間に価値を見いだされていない植物」とも言うそうだから、価値を秘めている人の意味にもなる。

「雑草のように生きる」ともいうが、それは、もともと弱いものが、「逆境を味方につけて強く生きる」ということである。人間社会でも、いつも強い者が勝つとは限らない。弱い者でも知恵と工夫で勝つことができる。雑草はそう教えているのだ。それより、雑草が生えない畑にはなんの野菜も育たない。雑草が生きていけないところには、まず人間も住めない。そう知るべきかもしれない。

畑のスギナは、スコップで1本、1本掘って取り除くしか手がないようだ。

《松園新聞『1000字の散歩46』平成30年5月号》

【草木塔】　草木に感謝し、その成長を願って建立された石碑。国内に160基以上の存在が確認されているが、建立されている地域は本州の一部に限られ、その約9割は山形県内に分布する。

# 緑色の人

庭の芽吹きは、ナナカマドが濃い緑の葉を出すところからはじまる。ヤマボウシが小さな葉を出し、ナツツバキの芽が伸びて、それが合図のようにモミジが萌黄色の拳（こぶし）をふくらませる。サルスベリも小筆のように葉が伸びてきた。もっとも遅いこの木の葉が開くと、庭の新緑が完成する。

庭に続く林は、ヤナギがまず若草色の葉を出し、裸木だった林が煙るように赤みを帯びて膨らんでくる。コブシの花が散り、木々に緑が混じってくると山ザクラが咲いて林は一気に新緑につつまれる。林に入ると木漏れ日にヤマブキの花が輝き、渡る風がすがすがしい。この匂いを感じたくて思わず深呼吸をする。この「匂い」とは、「香る」ではなく「薫る」である。

あざやかなみどりよ／あかるいみどりよ／鳥居をつつみ／わら屋をかくし／かおるかおる／若葉がかおる
（作詞・松永みやお　作曲・平岡均之）

新緑を歌った唱歌『若葉』に、この「薫る」が出てくる。若葉の上を渡ってくるさわやかな風を体感したとき「風薫る」とも表現する。若葉に匂いはないが、そこには緑の色彩がある。

「色」は特定の波長を持った光である。多くの生き物は、目で光りを感じて色を識別するが、皮膚で色を感知し、その色に反応する生き物はたくさんいる。周囲の色に同化して肌を変色させる代表がカメレオンである。ヒラメやカレイもそうだ。

人間も、目だけでなく皮膚でも色を感じていることは実証されている。体が光りを感じるのは、その波長が人体を構成する元素の振動と呼応して生体反応が生じるからなそうだ。そう言われてもピンとこないが、色は見えないが紫外線を浴びると暖かく感じ、日焼けもする。寝室のカーテンを開けたまま寝てしまい、白む窓の明かりに目覚めるのも光りに体が反応しているからなような気がする。

われわれの反応とは、そんなものだが、ヘレン・ケラーは目が見えなくても色の違いが分かると自著『わたしの住む世界』で言っている。

人によって色の好みが違うのは、色の波長と自分の体の振動との相性（あいしょう）にあるらしい。画家の重石晃子さんがエッセイ集『風景の旅』（岩手日報社刊）の中の一編、『あこがれの赤』で言っている。

『……なぜか不思議なほど赤い色は使えないのだ。目の前に赤い花があって、美しさに惹かれて描き初めても、上手く画けたことは一度もない。……赤が嫌いというわけでもない。むしろあこがれの色なのに、どうしても上手く使えない。どうやら赤色の積極的な強さ、華麗さの世界と私の心の波長は合わないらしい。……子供のときから洋服だって赤は着たことがない』

色と体の相性は生まれ持ったもので、色彩をあやつる画家でさえ手こずるものなのだ。

森林の中に入ると、樹木によって浄化された空気と樹木から放散される芳香性物質・フィトンチッドによって精神的に安定することはよく知られている。その効能を健康法に取り入れたのが「森林浴」である。だが、精神を癒やし、安心感を与えるのはそれだけではない。草木の葉の色、緑色の心理的効果も大きい。

虹は光の波長によって「赤・橙・黄・緑・青・藍・紫」の順に円を描くが、緑はちょうど真ん中にある。緑色は「暖色」にも「寒色」にも属さない「中間色」で、ひとによって好みの波長が違っても、その中間にある「緑」は誰にでも合う波長である。

「緑」はまた、生きる源（みなもと）の色でもある。木々の緑は太陽の光を浴びて酸素を作り出し、人間はその酸素を肺から血液に取り込み生きている。「緑」は、生きる力を再生する色であることを「体」が知っている。部屋に観葉植物を置きインテリアなどに緑色を取り入れるのはその効果を期待したものである。

意識して好む色と無意識に好む色が人によって異なり、それが精神状態や行動パターンに影響を与える。その心理的効果を利用するのが、カラーセラピーという色彩療法だ。この療法は古代からあったが、呪術的だと疎んじられてきた。１９７０年代からこの研究が進み、今では薬物に代わる療法として応用されている。

カラーセラピストの書いた本を読むと、「緑の人」は「生」に結びついた「和」を大切にして生きていこうとする人だという。
常に自然の中に身を置き、家族や友人への帰属意識が強く、いつも中立を保ちバランス感覚に優れている。安定志向で自己主張をあまりせず、回りを見てから物事を決める傾向があって、ときに自分を見失う可能性がある。と書いてある。やはり、いつも「中間」にいるのだ。逆に読めば「原始的で孤独を嫌う群れたがり屋。優柔不断な八方美人」となる。おおかたは自分に当てはまる。

だからだろうか、私はその緑色が好きで家の中を見回してもどちらからと言えば「中間色」に傾き、スーツやネクタイを選ぶときもその傾向が出てくる。私の振動は、その波長に合っているのだろう。
燃え立つような「緑」を見てこの一文を書こうと思ったのも、自分が「緑色の人」だからかもしれない。

《機関紙『春の風』平成30年6月号》

# 彼岸花

庭の隅に一本だけ、彼岸花が咲いた。スルスルと伸びてきた茎を、なんだろうと思いながら見ていたら、知らぬ間に花が咲いていた。ここに住んで22年、植えた覚えもないし、17年前に逝った花好きの妻から聞いたこともない。突然、生えて咲いた花だった。

もう60年以上も前になるが、私が小学生のころには生家の回りのあぜ道によく咲いていた。この花が「曼珠沙華」だと知ったのは、春日八郎が「赤い花なら曼珠沙華　阿蘭陀屋敷に雨が降る……」と歌う『長崎物語』（作詞：梅木三郎　作曲：佐々木俊一）を聞いてからだった。彼岸のころに咲くから彼岸花とも呼ぶと知ったのもそのころだ。

稲穂が垂れ、田んぼが色づいてきたころ、それを縁取るように咲き連なる赤い花は、秋の陽差しに映えていた。

この花は墓場にもあった。わが家のお墓は山裾の林の中にあるが、彼岸近くに両親に連れられて墓掃除に行くと、土の盛り上がった土葬されたばかりの墓のそばに咲いていた。棒の先につけたように咲く毒々しい赤い花は、どこか場違いで気味が悪いと思ったものである。大人たちが「死に花」とも「幽霊花」とも呼び、毒があるとも教えられていたからだろうが、近くに寄って見ることもなくいつも遠くから眺めるだけの花だった。

田んぼのあぜ道に咲く花は、昭和30年代の耕地整理で全て消えた。ほとんどが自然石だった墓石は立て直され、整然と区画整理された墓地からも消えた。以来、車での通りすがりのどこかで見かけたような気もするが、私にとってはとうに忘れていた花だった。

忘れていた花が目の前にある。一瞬、子どものころの気味悪く嫌な感じがわいた。が、久しぶりに会った懐かしさのようなものもあった。遠い昔の風景を思い出させてくれたからかもしれない。

初めて間近で見る花なのだが、きれいではないか。でも、一本ではやはり寂しい。これが数本だったらまた違うかもしれない。そう思って、増やし方を見てみた。種はつくらないから球根で増やすとある。とすれば、なぜ、ここに生えたのだろう。球根に毒があるからネズミやモグラが運んで来るはずもない。記述の最後の方に、「ごくまれに種子をつける種もあり、種は蒔いてから花を付けるまで4・5年はかかると」あった。もしかしたら、ごく稀につけた種が何かで運ばれて我が家の庭に落ち、数年経って今年初めて花をつけたごくごく稀な一本なのかもしれない。

庭の隅に寂しく咲くこの花を何日か眺めていたがやはりなじめない。現れ方も不思議だし、つい不吉を伴う花のように思ってしまうからだ。

子どものころに刷り込まれた記憶は、容易に解けないものである。

《機関誌『春の風』平成30年11月号》

# 東風解凍（はるかぜ こおりをとく）

「暦のうえでは春ですが……」とよく言う。それを聞くと「もうそんな季節？」と季節の移ろいに驚き、妙に納得する。それは、今のカレンダーには、曜日と数字、祝祭日が書いてあるだけで、季節のそれを早めに知ることがないからである。

平成31年2月5日が旧暦の元旦であった。二十四節気は「立春」で、七十二候は「東風解凍」、次候が「黄鶯睍睆（うぐいすなく）」である。春風が氷を解かし始め、ウグイスが鳴き初める季節ということだが、北国の風はまだまだ冷たく、凍てつく日も雪が降ることもある。

1年を24の季節に区分した「二十四節気」は、古代中国のものをそのまま使っているが、さらに3区分した「七十二候」は江戸の暦学者が日本の気候風土に合わせて作り直したもののようだ。七十二候が作られたのが江戸だから、北国はもっと遅れる。

例えば、盛岡での「ウグイスの初鳴き」は4月に入ってからで、2か月以上も遅れる。新暦の3月末から4月初めにあたるのが、二十四節気「春分」の次候で「桜始開（サクラ初めて開く）」である。東京あたりではその通りサクラが咲き始めるが、東北のサクラはまだ固い蕾（つぼみ）である。

桜前線の北上スピードは日に20キロだ。春のスピードだってそのぐらいだとすれば、我々が「東風解凍」を実感するのは一カ月以上も先、3月に入ってからになる。


かつて、広島に住んでいた。栃木に転勤になるとき、お花見を兼ねて送別会を催してくれた。3月の末でサクラ吹雪のなかだった。4月の初め、赴任した栃木での歓迎会も満開のサクラの下で、寒かったことだけを覚えている。ゴールデンウィークに帰省して両親と近くの公園でお花見をしたのが4月末。そのあと妻の実家に足を伸ばしたが、そのときも弘前公園でのお花見であった。

この年は桜前線といっしょに自分も北上し、3月末から5月初めまでに4回もサクラを愛でたのである。東西と南北にのびる日本列島だからできることである。近年はその時季がずれて1週間ほど早まっているから、これからも年度初めの転勤でそんなことができるのか、あやしいものだ。

「暦のうえでは……」と聞いて、忘れていたものに気づかされたように感じるのは、住んでいるところが岩手で一ケ月も前に季節の変わり目を知るからである。

　妙に納得するのは、気持ちのどこかで寒さと雪にうんざりしていたときに、「あと一ケ月待てば……」と先が見えたからだ。

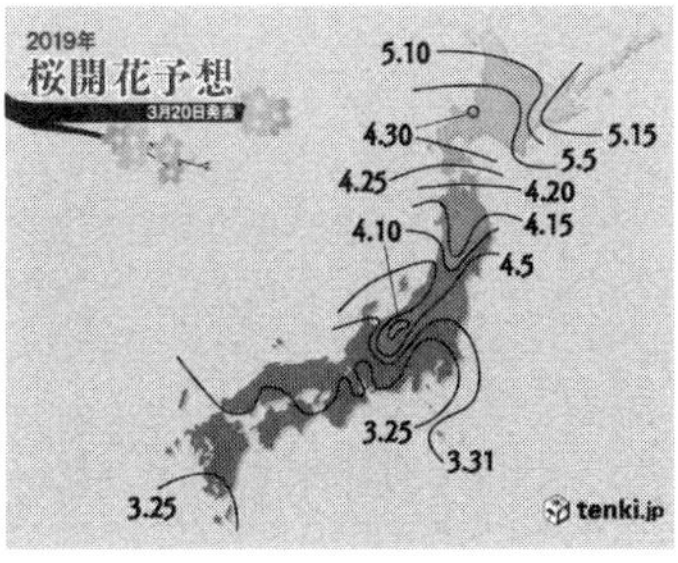


　風はまだまだ冷たくて春の気配が遠くても、春はどこかで生まれている。目をこらし、耳をすませば春の兆しがきっと見つかるはずである。氷が解けて流れる水音が聞こえるかもしれない。探せば芽吹いたフキノトウやフクジュソウが見つかり、陽差しが柔らかくなったことも知るだろう。季節の気配は突然やってくるものだ。ある日、吹く風に顔を背けない自分を見つけて、忘れていた春の風を思い出すはずだ。

岩手の私たちは、暦でいち早く季節を知ることができる。そして、それを探す楽しみがあり、見つけた喜びを味わえる。
それが、北国に住む者の特権である。

《機関誌『春の風』平成31年2月号》

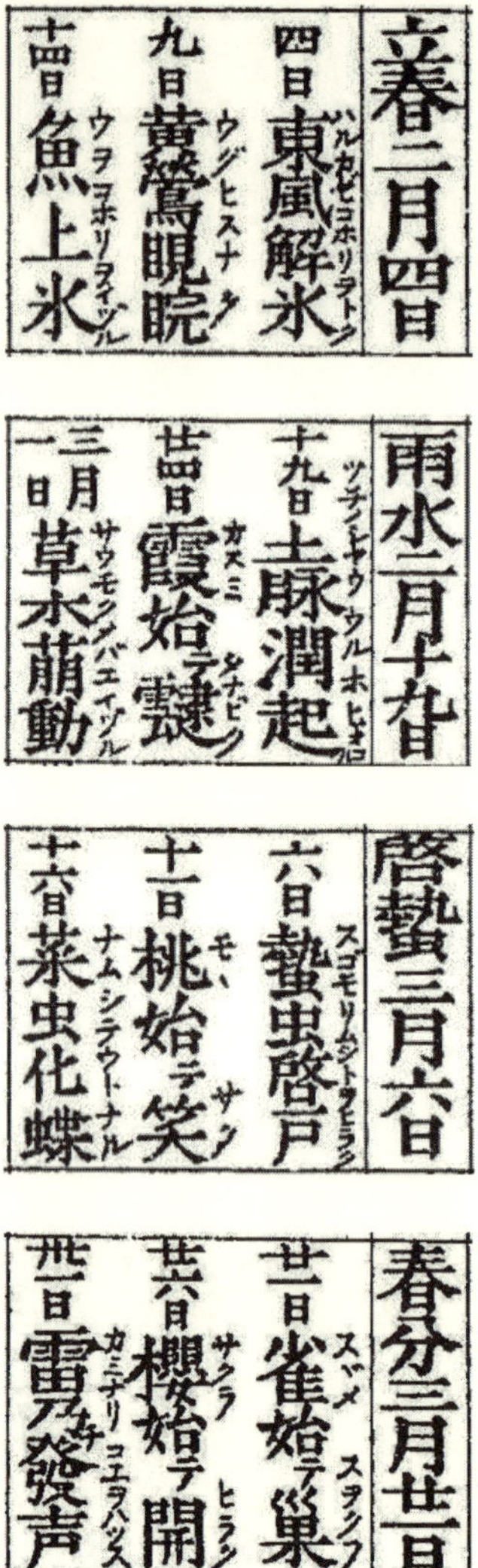
立春二月四日
四日 東風解氷《ハルカゼコホリヲトク》
九日 黄鶯睍睆《ウグヒスナク》
十四日 魚上氷《ウヲコホリヲイヅル》

雨水二月十九日
十九日 土脉潤起《ツチノシヤウウルホヒオコル》
廿四日 霞始靆《カスミタナビク》
三月一日 草木萌動《サウモクメバエイヅル》

啓蟄三月六日
六日 蟄虫啓戸《スゴモリムシトヲヒラク》
十一日 桃《モヽ》始テ笑《サク》
十六日 菜虫化蝶《ナムシテフトナル》

春分三月廿一日
廿一日 雀《スヾメ》始テ巣《スヲクフ》
廿六日 櫻《サクラ》始テ開《ヒラク》
卅一日 雷《カミナリ》乃發声《コヱヲハツス》

【七十二候略暦・明治11年】

# 梅は咲いたか桜はまだか

昭和61年2月末だったと思うが、東京にいたとき水戸・偕楽園の「梅祭り」に行った。３００種３０００本の梅の木に花がほころび、その下を観光客が列をなして行き交っていた。寒さに震えて、花を愛で香りを楽しむ余裕などなかった。ウメの花を見に出かけたのは、後にも先にもこのときだけである。

昔の人は、花といえば「梅」であった。万葉集には「桜」を詠んだものが40首ぐらいあるが、梅はその3倍の１２０首近くもある。漢学者として中国の文化に詳しかった菅原道真公も梅を愛し、有名な『東風吹かば／においおこせよ梅の花／あるじなしとて／春を忘るな（拾遺和歌集）』の詩を詠んでいる。

万葉びとが、年が改まってまず咲くこの花を「雅（みやび）たる花」と呼んで好んだ。サクラは枝から3、4本の花柄が出て下向きに咲き、花数が多くて華やかだ。ウメは枝についてチラホラと咲き、花数も華やかさもサクラほどではない。そこが上品で優雅、宮廷風なのかもしれない。

「梅は咲いたか、桜はまだかいな」と花柳界の芸妓たちを唄った江戸の端唄でも、梅の花を心待ちにしていた。だが今は、サクラの開花は待ち望んでも、ウメは話題にもされない。ウメの開花は沖縄・四国で1月初めである。サクラは3月に入ってからだから、「梅前線」は、「桜前線」より2か月も早くスタートする。だが、北上スピードの遅いウメはサクラに追われ、東京にきて1か月ほどに縮まる。東北でさらに縮まり、青森に入るあたりで完全に追いつかれ、津軽海峡で抜かれる。北海道ではサクラの後にウメが咲く。岩手は、3、4日の差で、両方同時に眺めることができる。でも、サクラのとなりに咲くウメは見向きもされない。

昔人が「雅たる花」として愛し、詩や絵の対象だった花なのにどうしたことだろう。今の日本人にウメの花に「雅」を感じなくなったのか。ただ単に華やかさを好む美意識の変化なのか。それとも、手のかからないサクラがもてはやされ、その数が増えたからだけなのか。まさか、都で悪いことが続いたのは、大宰府で憤死した菅原道真公の怨霊のせいだとする説が『飛梅伝説』と結びついて嫌われたわけでもあるまい。

いつだったか新幹線で上京した際、福島辺りで丘陵全体がピンク色に染まっている光景を車窓から見た。「えっ、サクラが。もう？」と驚いたが、それはモモの花だった。モモの花もサクラに劣らず、いやそれ以上に美しい。

サクラとモモの花に比べたらウメはどう見ても地味である。そして、どこか見捨てられた哀れな花に見えてしまう。

《松園新聞『１０００字の散歩55』平成31年2月号》

# 夏が来れば

寒かったり暑かったりの長い梅雨が明けて、夏が来た。
数日前から庭の端に橙色のヤブカンゾウが咲いている。この花を見ると、50年以上も前、「燧ヶ岳」（２３５６ｍ・福島県・尾瀬国立公園内）に登ったときに見た、尾瀬に咲くニッコウキスゲの群落を思い出す。ニッコウキスゲの花は黄色に近いが、どちらもユリ科の植物で花がユリに似ているからである。

【ヤブカンゾウの花】

当時、職場に山岳部があり東北の山々を登った。尾瀬にも行った。
アルバムに貼ってある登山の行程表をみると、昭和40（１９６６）年7月21日（木）午後9時13分仙台駅を夜行で発ち、郡山を経由して会津田島に着いたのが翌朝7時45分。そこからバスで尾瀬の入口、檜枝岐の七入山荘に向かった。着いた山荘で昼食をとり、尾瀬の長蔵小屋まで5時間歩いている。

翌日、東北一高い「燧ヶ岳」に登ったのだが、ほとんど覚えていない。記憶にあるのは、登山前に湿原を歩いて眺めた見わたすかぎりに咲くニッコウキスゲだった。花に混じって木道を歩く観光客がチラホラ見えた。アルバムには、花に焦点をあて人物をぼかした写真が何枚もある。

昭和24（1949）年6月、NHKの「ラジオ歌謡」で、石井好子が歌った「夏の思い出」（江間章子作詞・中田喜直作曲）が流れた。この曲は、多くの人の心をとらえて広まり、曲中で歌われる尾瀬の人気が高まった。

♪夏がくれば／思い出す／はるかな尾瀬／遠い空……

♪水芭蕉の花が／咲いている／夢見て咲いている／水の辺り……

作詞の江間章子は新潟で生まれたが、2歳のときに平舘（現八幡平市）に移り、静岡に転居するまで10年間住んだ。彼女は、昭和19（1944）年、31歳のとき尾瀬を訪れ、そこで一面に咲くミズバショウを見た。そのときの感動を詩にしたのがこの曲であった。

それまで人があまり入ることがなかった尾瀬が、この歌で有名になり、多くの人が訪れるようになった。だが、尾瀬でミズバショウが咲くのは雪解けの終わった5月末から6月である。せっかく夏に来たのにその花を見ることができなかったという人が多く出た。

私の感覚でも、この花が咲くのは夏ではないと思うが、彼女はその理由を、「尾瀬においてミズバショウが最も見事な5・6月を私は夏とよぶ、それは歳時記の影響だと思う」と言っている。たしかに、ミズバショウは夏の季語ではあるのだが。

【ニッコウキスゲと燧ヶ岳（福島民報社提供）】

この歌が有名になる前は、尾瀬と言えばニッコウキスゲだった。私は、尾瀬のミズバショウを見たことがないから、夏が来れば思い出すのがこの花なのである。

《松園新聞『1000字の散歩61』令和1年8月号》

# Ⅳ 月夜の晩に（歌・唱・詩）

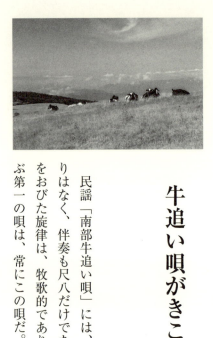

# 牛追い唄がきこえる

民謡「南部牛追い唄」には、いろんな歌詞や歌い方がある。踊りはなく、伴奏も尺八だけである。のんびりとしたテンポと哀調をおびた旋律は、牧歌的であり、無伴奏でもいい。岩手県民が選ぶ第一の唄は、常にこの唄だ。

『田舎なれども　サァーハーエー　南部の国は　ヨー
　西も東も　サァーハーエー　黄金の山　コーラサンサエー』

谷の奥底から、牛方の歌が聞こえてくる。渓流に沿った街道を登っているのか下っているのか、山が深くて分からない。唄だけが山あいに響く。

この唄を耳にすると、郷里で見た山中風景と唄のイメージがひとつになってそんな光景を想像してしまう。

この唄の起源には、牧人の歌った牧歌説もあるが、牛方の歌った道中歌が有力だ。昔、交通手段は主に馬だったが、山坂が多く起伏にとんだ南部地方（岩手県と青森県にまたがる南部藩）は、歩みは遅いが力のある牛の方が主役であった。荷は、米、塩、魚など、この地方は金山も多かったから、鉱石も牛の背で運んだ。

牛方の通る街道は四方に延びていた。沿岸から北上山脈を越えて盛岡に。そして、奥羽山脈をこえて秋田・花輪に。南は北上から沢内へ、北は二戸を通って青森へ。牛方ひとりが、六、七頭の牛を追い、気候のよいときは山中に野宿して三、四日の道中だったという。牛は硬い道をいやがる。そのため、牛方は街道をはなれ、道のない林の中や尾根をつたって歩いた。沢を渡るときに牛が足を滑らせて転び、背の塩を流したりもした。昭和初期まで続いたこの牛追い道中は、唄からは想像もつかないつらい仕事であったようだ。

荷を背にした牛たちと手綱を持った牛方は、つらい勾配を登りきって峠に出る。峠の風は肌に心地よく、汗が引いていく。涙を流してあえぎ登った牛たちを慰めるように、牛方は再び歌い出す。

『今度来るとき　サァーハーエー　持ってきておくれ　ナー

奥の深山の　サァーハーエー

なぎの葉を　コーラサンサエー』

唄は谷を渡って山々にこだまする。

高校生だったころ、牛方が通った区界峠や早坂高原で遊んだことがある。緑を帯びて来た高原の林に粉をふったようにコブシの花が咲き、風のたびに山桜が花びらを散らしていた。透き通るような白樺の若葉と煙るようなカラマツの緑が目にやさしく、遠くに、残雪の光る山脈が連なっていた。少し冷たい風が、上気した顔に気持ちよく、寝そべった枯れ草の感触もなつかしい。牛追い唄を聞いて思い浮かぶのは、このときの光景でもある。今も昔も変わらないこの風景に、牛方たちも慰められたことだろう。

牛方は、寝そべっている牛の背に荷を乗せる。勢いよく立ち上がった牛たちは、ゆっ

くり歩き出して列をつくる。一行は高原を下って林に消えた。しばらくして、林の奥から牛方の唄が聞こえてくる。

『さても見事な　サァーハーエー　牛方浴衣　ナー
　裾に籠角　サァーハーエー　袖小斑　コーラサンサエー』

私が、この唄を覚えたのは父が歌っていたからだが、歌い出したのは中学生のころだった。歌い出しは少し抑えゆったりと、そして、しっかりと声を出す。この唄を歌うときに心がけていることだ。宴席で請われると歌うのはこの唄だった。だが、今は民謡など歌う機会はまずない。

転勤で、すでに人生の半分以上を郷里から離れて過ごした。だからなのか、このごろ、よくこの唄を口ずさむ。歌いながら目を閉じると、かつて遊んだ高原の風景が広がり、牛方の唄う歌が聞こえてくる。

《平成5年9月15日　岩手日報「ばん茶せん茶」》

# 啄木さがし

私が啄木を知ったのは、いつごろだろうか。有名な2、3首は中学生のころには知っていたと思うが、はっきりしない。

啄木は、ほんとうに泣きながら蟹（かに）とたわむれたろうか、母を背負って歩いたことがあるだろうか。そんなことを考えたのは、ずっと後になってからだ。その真偽をこえて、彼の詩（うた）は共感をよぶ。

「砂山の砂を　指で掘ってたら　まっかに錆びたジャックナイフが……」と、石原裕次郎が『錆びたナイフ』を歌ったとき、作詞家が「啄木の詩を意識しているな」と親近感を覚えたものだ。「泣けとごとく群青の……砂に腹ばいて海の声を聞く……」の歌詞を『群青』（谷村新司・作詞作曲）に見つけたときもそうだった。

小坂明子が、「もしも私が家を建てたなら／小さな家を建てたでしょう／大きな窓と小さなドアーと／部屋には古い暖炉があるのよ……」と『あなた』を歌ったとき、啄木の詩『家』を思い出していた。

今朝も、ふと、目のさめしとき、わが家と呼ぶべき家の欲しくなりて、
顔洗ふ間もそのことをそこはかとなく思ひしが、……
場所は、鉄道に遠からぬ、心おきなき故郷の村のはづれに選びてむ。
西洋風の木造のさっぱりとしたひと構へ、高からずとも、さてはまた何の飾りのなしとても、広き階段とバルコンと明るき書斎……

あの歌に啄木が夢見た理想の家と同じような詩心を感じたのだ。

眼閉づれど、心にうかぶ何もなし。さびしくも、また、眼をあけるかな。
呼吸（いき）すれば、胸の中にて鳴る音あり。凩よりもさびしきその音！

これは啄木のものだ。

目を閉じて何も見えず／哀しくて眼を開ければ／荒野に向かう道より……
呼吸をすれば胸のなか／凩は吠きつづける／されど我が胸は熱く……」

これは、「昴（すばる）」という曲の一番と二番の出だしである。人は、どんな星の下に生まれ、どんな定めのもとで生き、どの星に帰っていくのか。どんな絶望と逆境であろうとも我は夢を追いつづける、と「昴」は歌う。作詞作曲した谷村新司も、啄木ファンであることは容易に想像できる。

読者の生活体験とほぼ同じことを詠い、その詩歌は読者を慰める。啄木は、その大衆性によって、最も愛唱されている詩人である。そのため、彼が歌で表現した心情が、現代の詩歌に投影されて当然であろう。だが、最近の歌に啄木を見ることはない。最近の歌詞にカタカナや英語混じりが多く、私にはその意が届いてこないのだ。いや、曲のテンポについていけない私が、歌詞に気をとめることがほとんどないからだろう。

だとしても、この数だ。探せばきっと、どこかの歌詞にひっそりと啄木はいる。もしかしたら、堂々とした啄木が見つかるかもしれない。

《平成15年8月22日　岩手日報「ばん茶せん茶」》

# 「蛍の光」と「故郷の空」

ＮＨＫ朝の連続テレビ小説「マッサン」に、スコットランド民謡が使われている。

主人公の妻・エリーが故郷を偲んで、「オールド・ラング・サイン」を歌う。昭和18年生まれの私は、このメロディーを聞くと胸がつまる。卒業式で歌った「蛍の光」の原曲だからだ。郷愁漂うバグパイプの音がテレビの奥に流れる。「ライ麦畑で出逢ったら」という曲で、これは「故郷の空」の原曲である。

「蛍の光」は、１８８１年（明治14年）わが国最初の音楽教科書『小学唱歌初編』に掲載されて広まった。就学率がまだ50％ぐらいだったが、学校のオルガンで覚えた子どもたち

が、家に帰って親兄弟に教えたであろう。それまで皆で歌うのは宴席での民謡ぐらいであった時代だ。驚きもあったろうし、新鮮でもあったろう。

蛍の光や雪の月明かりで、書物を読む日々を重ねた。今朝は扉を開けて君たちと別れていく。ふるさとに残る者も出る者も、今日限りの別れだ。思うことはたくさんあるが、お互いの「幸せ」祈ってこの歌を歌う。

友人との別れを歌っている「蛍の光」は、卒業式には必ず歌われるようになった。だが、2014年のある調査（672人・19～76歳）では、小学校の卒業式では14％、中学校では8％、高校では9％だった。10人に1人ぐらいしか歌っていないのだ。年代別は分からないが、若い年代層ではもっと少なくなっているだろう。今は、デパートの閉店時間を知らせる音楽になってしまった。

夕空晴れて／秋風吹き／月影落ちて／鈴虫鳴く

「故郷の空」は、1888年（明治21年）、唱歌集『明治唱歌 第一集』中の1篇として発表された。秋の夕暮れに故郷を遠く離れて暮らす人が、今ごろふるさとの両親や兄弟たちはどうしているだろうと、もの思いにふける歌である。当時、故郷を離れた若者の心情は

そうであった。だが、今はどうだろうか。

かつて、子どもたちは親に愛されて育った。それを知っていたから、親の言いつけは守った。近所の人にも声をかけられ、ときには叱られた。ガキ大将に連れられて、道草を食っては虫と遊んだ。野にはウサギがいて川にはメダカもフナもいた。家は、田んぼや畑の中にとけこむようにあって、そこには家族がいた。

遠くの山並みの上には広い空があり、その下で集落の人たちが助け合って生きていた。気の遠くなるような年月を、そうして生きてきていたのだ。少なくとも、戦後間もなくまではそうだった。

その後の、工業中心、効率中心の近代化政策のなかで故郷の風景はそう変わらずとも、人の生き方が変わらざるを得なかった。そこには人の息づかいがなくなった。

「蛍の光」が、卒業式で歌うことがなくなったのは、歌詞が古くさいのかもしれない。受験のために、そんな感慨にふけっていられない事情もあるだろう。どこにいても携帯電話やスマホでつながっているから、「別れ」や「故郷」への想いにふけることもなくなったのだろう。

われわれが実感をもってこの歌を歌うことは、ますますなくなっていく。日本で歌われ始めて120年余たったこの歌、いずれ忘れ去られる歌なのだろうか。

《盛岡タイムス「杜陵随想」平成27年2月》

# 木綿のハンカチーフ

1976（昭和51）年のヒット曲第一位は「およげたいやきくん」だが、それに続いたのが「ビューティフル・サンデー」「北の宿から」で、第4位が太田裕美の歌った「木綿のハンカチーフ（作詞・松本隆　作曲・筒美京平）」だった。

歌謡界はフォークからニューミュージックに変わっていった年で、キャンディーズの人気が沸騰し、ユーミン・イルカ・中島みゆきらが活躍した年でもある。その中で、この歌はアイドル歌謡とは違う味わいがあって好きな曲だった。

♪ 恋人よ／僕は旅立つ／東へと向かう列車で
はなやいだ街で／君への贈りもの／探す　探すつもりだ

と、男性のことばで歌い出し、それに女性が応える。

♪　いいえ／あなた　私は／欲しいものはないのよ
　ただ都会の絵の具に／染まらないで帰って／染まらないで帰って

相手と対話するような歌もめずらしいが、「金の卵」と言われて都会に出た若者の望郷を歌った50年代の歌とは違った趣がある。経済が大きく発展し、社会が豊かになっていた時代で、若者が社会にもまれながら新しい生き甲斐を見つけていこうとしている時代でもあった。

♪　恋人よ／いまも素顔で／口紅もつけないままか
　見間違うような／スーツを着た僕の写真／写真を見てくれ

彼は、都会で成功した自分を見てくれと自慢するが、彼女はそれではないと言う。

♪　いいえ／草に寝ころぶ／あなたが好きだったの
　でも木枯らしのビル街／体に気をつけてね／体に気をつけてね

心のすれ違いを感じながらも、何も変わっていない彼女はけなげに相手を気遣う。

1960年代は、多くの国が独立し「アフリカの年」と呼ばれ、70年代にはいるとペルシャ湾岸諸国が相次いで独立していった。そして、ベトナム戦争が終結して1年後、この歌がヒットした年に南北ベトナムが統一を果たした。世界が落ち着きを取り戻していた時代である。

日本は、「モーレツ社員」や「企業戦士」のことばが生まれるほど、高度成長の絶頂期にあった。アメリカに次ぐ経済大国になっていた日本だが、一方で、学生運動が下火になり世の中の動きに抵抗しても無駄だという厭世的風潮が若者のなかに生まれ、しだいに社会や政治に無関心な若者が増えていく。

努力して幸せを勝ち取る気力を失い、自分ひとりの幸せを求める個人主義的な考えを持つ若者の、従来とは違った感性や価値観、行動規範が社会に理解されず、人は彼らを「新人類」と呼んだ。就職後の離職率が増え、フリーターに象徴される自由気ままに生きる若者が出てくるのもこのころからである。

♪ 恋人よ／君を忘れて／変わっていく僕を許して
　毎日　愉快に過ごす街角／ぼくは／ぼくは帰れない

都会の「絵の具」に染まった彼は、どんな生き方を選んだのかは分からないが、少なくとも、毎日を愉快に過ごす自由な都会の「今」を選んだ。古風な価値観を秘めていた彼女は彼との別れを受け入れる。

♪ あなた／最後のわがまま／贈り物ねだるは
　ねえ　涙拭く木綿の／ハンカチーフください／ハンカチーフください

当時の若者は、古い価値観と新しい価値観の狭間で苦悩し、その変化にとまどいながらも、それについていくのが精いっぱいであった。この歌は、否応なく時代に流されていく彼らのせつない思いでもあったのだ。

《機関紙『春の風』平成31年3月号》

# 五・七・五

文章を綴るとき、私はリズムを意識する。推敲のときは特にそうだ。いわゆる語呂が悪くギクシャクした文章は、字句を入れ替えたり言い回しを変えたりして読みやすくする。少し長いものは読点の打つ個所を考え、短く区切ったりして整える。そんな作業をしているとき、どこかで五七調か七五調のリズムを刻んでいる。

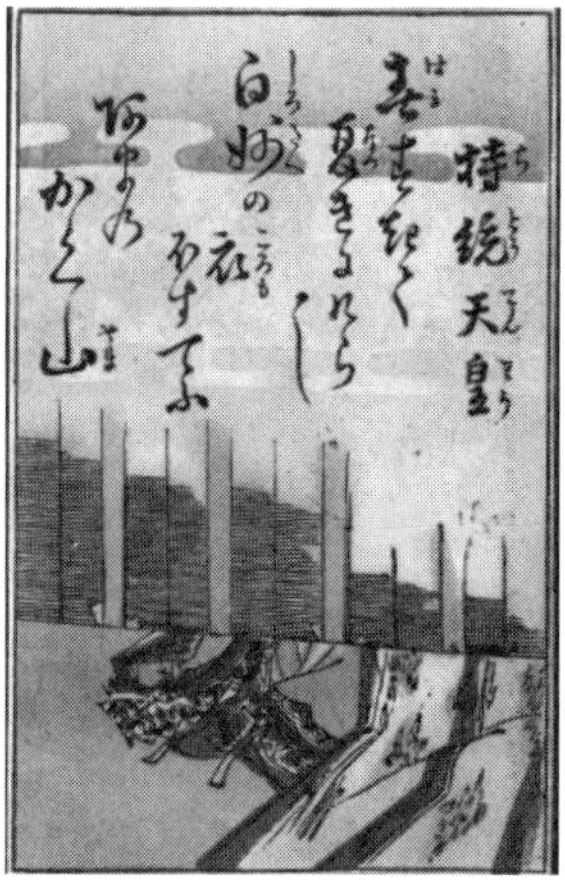


春過ぎて 夏来にけらし／白妙（しろたへ）の 衣干すてふ／天の香具山 （持統天皇）

五七調は、5・7音句を区切らず意味をもたせ、「五・七」を強調するリズムで、「万葉集」の歌に多いそうだ。優雅で素朴、安定感があって力強いリズムである。国歌「君が代」、唱歌「椰子の実」なども五七調である。

♪ 君が代は　千代に八千代に／細石の　巌となりて……（作詞・不詳）

♪ 名も知らぬ　遠き島より／流れ寄る　椰子の実一つ……（作詞・島崎藤村）

七五調は「七・五」のリズムが強調され、やさしく軽妙な調べで、「古今和歌集」「新古今和歌集」に多いという。童謡・唱歌、軍歌、演歌などはほとんど七五調で、次の歌は、7文字と5文字の繰り返しになっている。

♪ 海は広いな　大きいな／月が昇るし　日が沈む……………（『海』作詞・林柳波）

♪ 箱根の山は　天下の嶮／函谷関も　物ならず…………（『箱根八里』作詞・鳥居　忱）

♪ 母は来ました　今日もまた／この岸壁に…………（『岸壁の母』作詞・藤田まさと）

♪ はるばる来たぜ　函館へ／さかまく波を　乗り越えて……

（『函館の女』作詞・星野哲郎）

「何が何して、なんとやら」は、浪曲で語る七五調のことばである。かつては浪花節と言ったが、その曲師の三味に乗せて語る下りは聞いて心地よいものだった。

旅ゆけば／駿河の国に　茶の香り／名題なるかな　東海道／名所古蹟の　多いとこ／なかに知られる　羽衣の／松とならんで　その名を残す／清水港の……

有名なこの語りは、「清水次郎長伝」（口演・広沢虎造）の出だしである。古い人なら、風呂に浸かればつい唸りたくなるはずである。

このような口調、法律の条文にはめったにないがあることはある。

学問の　自由はこれを　保障する（日本国憲法23条）

相続は　死亡によって　開始する（民法８８２条）

どこかリズムが乱れ、収まりが悪い。そう感じる自分の文章を直そうとする苦労は、俳句や短歌を詠むとき、字余りや字足らずに苦労することに似てはいないか。私は俳句も短歌も、川柳もやらない。だからその苦労のほどは分からないが、初心者はそうではなかろうか。だとすれば、「五・七・五」のリズムに自分の思いを込める作業も、文章を読みやすく整える作業も同じである。

ある作家が好きになると、その作品を読み続けるものである。それは、作品世界が好きということもあるが、多分に、文章のリズムやテンポが自分と合っているからだ。

《盛岡タイムス『杜陵随想』平成29年4月15日》

歌舞伎狂言の名セリフ

【お嬢吉三】月も朧（おぼろ）に 白魚の／篝（かがり）もかすむ 春の空／冷てえ風もほろ酔いに／心持よくうかうかと……

【弁天小僧】知らざあ言って／聞かせやしょう／浜の真砂と五右衛門が／歌に残せし盗人の／種は尽きねえ七里ヶ浜……

【与話情浮名横櫛・切られ与三】しがねえ恋の情けが仇／命の綱の切れたのを／どう取り留めてか木更津から／……死んだと思ったお富たぁ／お釈迦さまでも気がつくめぇ。

# 月夜の晩に

今は田舎の夜道を歩くことなどないが、幼いころは父か母の後ろをついてよく歩いたものだ。足元だけがぼんやりと浮かぶ手提げ提灯（ちょうちん）の灯りで歩いたことも覚えている。

ホタルを追って田んぼのあぜ道を走ったのも月明かりの夜で、祭りの帰りは満月の夜だった。暗幕を張った小学校の講堂（体育館）で観た映画の帰りは雪道で、冴えた半月が光っていた。もう65年以上も前の田舎でのことである。

今も、月夜の晩も闇の夜だってある。だが、出かけるときはだいたいが車で、夜道を歩くことはまずない。子どもたちが夜道を歩くことなど親が許さないし、大人だって満天の星空と満月の光りのなかに身を置くことがなくなった。街は終夜明るく、テレビも朝までやっている。夜がずいぶん遠いものになってしまった気がする。

『月がとっても青いから／遠回りして帰ろう／あの鈴懸の　並木路は……』

『匂いやさしい白百合の／……想い出すのは　想い出すのは／北上河原の月の夜』

かつては、夜はもっと身近であった。歌にあるような経験をした人も、それに憧れを抱いた人もいたことだろう。月夜の思い出は、甘く切ないものである。ほろ苦くて悲しいものでもある。

『青い月夜の　浜辺には／親を探して　鳴く鳥が／波の国から　生まれ出る』

『月の沙漠（さばく）を　はるばると／旅の駱駝（らくだ）が　ゆきました』

見たことのない浜辺の光景を想い描き、異国を夢見た人もいただろう。人は、月を眺めて憧れをつのらせ、夢をふくらませた。

『あれをご覧と　指さす方に／利根の流れを　ながれ月／昔笑うて　眺めた月も／今日は今日は／涙の顔で見る』

『十五夜お月さん　ごきげんさん／婆やは　お暇（いとま）　とりました／……／十五夜お月さん　母（かか）さんに／も一度わたしは　あいたいな』

辛いことがあれば、ひとり月に向かって泣き、会いたい人を想っては話しかける。そんな人も多くいただろう。月夜は、そんなつらい思いを癒やしてくれた。

『月夜の　田んぼで／コロロ　コロロ／コロロ　コロコロ／鳴る笛
は／あれはね　あれはね／あれは蛙の／銀の笛……』

お祭りの帰り、家族は田んぼの中を歩いて帰った。頭上にこうこうと照らす満月の月があった。全身に月光を浴びて兄妹は両親の後に続き、影踏みをしたり、輪唱したりしながらそう遠くない家を目指した。

あのころの夜道を歩いた記憶には、懐かしさもあるが日中の思い出とはまったく違った感覚がともなう。夜のとばりに包まれたほどよい暗さの中で、月の光に抱かれた自分だけの世界に浸っている感覚だ。

『証　証　証城寺／証城寺の庭は／つ　つ　月夜だ／みんな出て／来い来い来い……』

『うさぎ　うさぎ／なに見てはねる／十五夜お月さま／見てはねる……』

タヌキだってウサギだって、月夜の晩は自分たちの世界に浸っているではないか。

昔の人は、日の出から日没までを夢中で働き、眠る前のいっときが安息と思いを巡らす時間であった。特に「満月の夜」は居心地のよい安らぎのなかで、もの思いにふけったにちがいない。
太陽に照らされた世界が現実社会なら、月明かりの世界は幻想の社会だ。月夜の晩に誰でも抱く幻想の世界。その感覚がこれらの歌を生んだのだ。

《松園新聞『1000字の散歩34』平成29年5月号》

# 平和の詩

今日も朝が来た。
母の呼び声と、目玉焼きのいい香り。
いつも通りの平和な朝が来た。

平成29年6月23日、沖縄戦終結72年「慰霊の日」に読み上げられた「平和の詩」はこう始まる。

72年前／恐ろしいあの影が忍びよるその瞬間まで
おばあもこうして／朝を迎えたのだろうか。
おじいもこうして／食卓に着いたのだろうか。

祖父母から聞いた話、記録映画と「語り部」から知った戦争の惨状と哀しさを、沖縄県

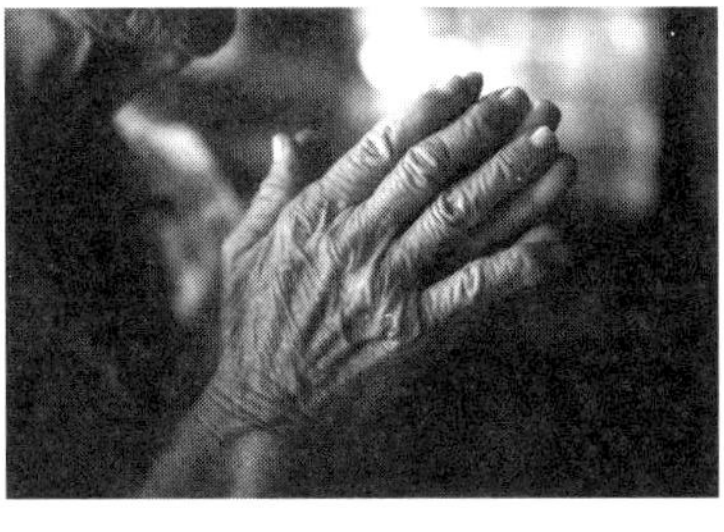

立宮古高校3年の上原愛音（ねね）さん（17）が、「誓い〜私達のおばあに寄せて」と題して作詞した。

爆音とともに／この大空が淀んだあの日。
おばあは／……／友と歩いた砂利道を／素足のまま走った。（中略）
おじいはその風に／仲間の叫びを聞いた。（中略）
少女だったおばあの／瞳いっぱいにたまった涙を
まだ幼かったおじいの／両手いっぱいに握りしめたあの悔しさを
私たちは確かに知っている。

おだやかに暮らしていた沖縄を戦禍が襲う。
日本軍は、日本本土を守るために沖縄を最後の砦として持久戦に持ち込んだ。米軍は北谷に上陸、ここから首里城までの10キロを進むために50日もかかった。沖縄守備軍はこの間に、主戦力兵士のほぼ7割、7万4千人を失った。日本兵の死者は1日あたり千人以上にもなる。
沖縄戦は太平洋戦争で日本唯一の地上戦でもっとも激しい戦いであった。日本軍は、急ごしらえの子どもを含む素人同然の「防衛隊」、「義勇隊」、「学徒隊」と軍隊の手伝いに動員された住民で戦った。学徒隊は14歳から17歳、「ひめゆり隊」や「鉄血勤皇隊」の名が知られている。軍と混在した沖縄県民は、アメリカ軍の無差別攻撃によって4人に1人が亡くなった。沖縄戦跡国定公園の刻銘碑116基には、沖縄戦で犠牲になった24万余の名前が刻まれている。

今日も一日が過ぎゆく。／あの日と同じ刻が過ぎゆく。
フェンスを飛びこえて／絞め殺される大海を泳いで
癒えることのない／この島の痛み／忘れてはならない／
民の祈り／……

72年経ってもフェンスに囲まれた基地が残り、豊饒な海が壊されていく。これは、世代を超えた県民の願いであり、沖縄の決意である。

誓おう。／私達はこの澄んだ空を
二度と黒く染めたりはしない。

誓おう。／私達はこの美しい大地を　二度と切り裂きはしない。

地上戦の犠牲になった人たちとその体験を教えてくれた人たちに誓い、そして、我々に呼びかける。

　この国は／この世界は／きっと優しい人を守り抜くことができる。

　この地から私達は／平和の使者になることができる。

世界のあちこちに紛争の地があり、世界がテロに怯えている。しかし、あきらめてはいけない。沖縄と日本のなすべきことがあると訴える。

六月二十三日。／銀の甘藷（サトウキビ）が清らかに揺れる今日。

おばあ達が見守る空の下／私達は誓う。

　私達は今日を生かされている

安倍首相はあいさつで基地負担の軽減にこれからも努力すると語ったが、国のやっていることは、沖縄の願いをアメリカに伝える努力もせず、あいかわらず沖縄に基地を押しつけ、耐用年数200年の新基地を作って恒久化を図る。どんなに長いことばを並べて言い繕っても、そのあいさつは空虚にかすむ。

過去がそうであったように、この詩に対してネットでの攻撃が始まるだろう。「非国民」だと呼び、「基地があるから日本は守られている」「日本から出て行け」と叫び、脅迫の「死ね」との手紙までも届く。堂々と言えない卑怯な攻撃である。

だが、詩にはそれを凌駕（りょうが）する強いメッセージが込められている。

《盛岡タイムス『杜陵随想』平成29年7月4日》

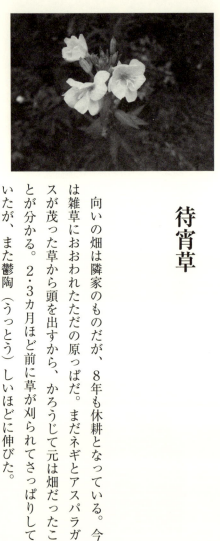

# 待宵草

向いの畑は隣家のものだが、8年も休耕となっている。今は雑草におおわれたただの原っぱだ。まだネギとアスパラガスが茂った草から頭を出すから、かろうじて元は畑だったことが分かる。2・3カ月ほど前に草が刈られてさっぱりしていたが、また鬱陶（うっとう）しいほどに伸びた。

8月に入ったある早朝、なにげなく寝室の窓から畑をのぞくと、草の上に黄色いたくさんの花が見えた。待宵草（マツヨイグサ）の花だった。刈られてから50センチも伸びて花を咲かせていたのだ。

子どものころは、「月見草」と言っていたか「宵待草（ヨイマチグサ）」と呼んでいたかは忘れたが、小川の土手や河原によく生えていた。

文部省唱歌に『朧（おぼろ）月夜』（高野辰之作詞・岡野貞一作曲）というのがある。

菜の花畠に　入り日薄れ　／見わたす山の端　霞ふかし
　春風そよ吹く　空を見れば／夕月かかりて　におい淡し

私がこの歌を聞くと、なぜか菜の花ではなく待宵草が思い浮かぶ。

西の山に日が沈み、黒い山並みも暗い空に溶け入りそうだ。足元から闇が這い昇ってくる。完全に夜の空に代わろうとするとき、東の空に月が出て、その光を迎えるように待宵草が花ひらく。薄闇を背にして抜けるような花の色は白でも黄でもない、ほのかな光を放つ花である。浮かぶのはそんな光景である。

菜の花畑は見たことがなかったから、いつのまにか待宵草に置き換わってしまったのだ。いつごろどこで見た記憶なのか分からないが、花を見上げているから背の小さかったころの記憶なのだろう。

待てど暮らせど　来ぬ人を／　宵待草の　やるせなさ／今宵は月も　出ぬそうな

この花からは、きまってこの歌を思い出す。

竹久夢二が避暑旅行中、犬吠崎に近い海鹿島（あしかじま）の浜宿でひとりの女性と出会う。心惹かれて逢瀬を重ねるがそのまま別れる。彼女を忘れられず、翌年改めて彼女に会いに行く。だが、彼女はすでに嫁いでいた。夢二は、自分を待ちわびて泣く泣く嫁いでいった彼女を思い、ひと夏で終わったやるせない自分の恋を一晩だけ咲くこの花にかさねて詠った。

彼女もまた夢二と同じ思いのまま嫁いでいったかどうかは分からない。と言ってしまえば身も蓋もないが、この詩が愛されるのは、日本人が好きな切なくも美しい悲恋と思いたいからだ。それに、誰にでも若いころに一つか二つは思い当たるものがあるからだろう。

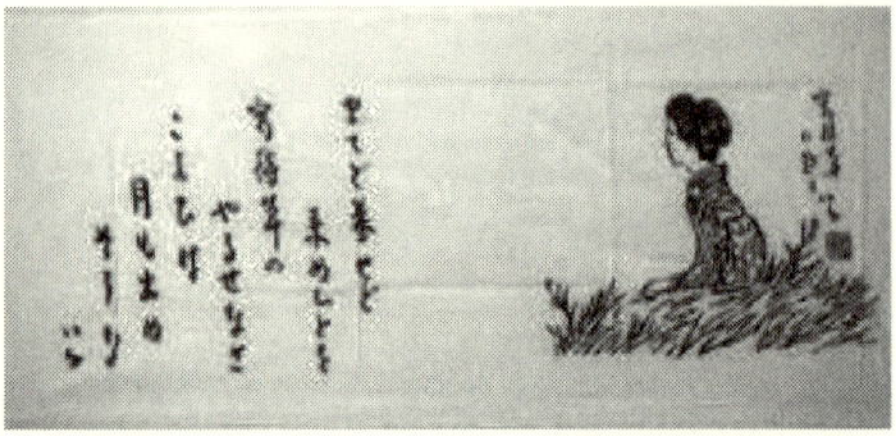

待宵草はその名のとおり夜咲く花である。昼はしぼんで華やかさはないが、夜にひっそり咲くさまは幽玄でどこか寂しさが伴う。月明かりに花をにじませて立つさまには、気品がある。

でしゃばらず、いつも後ろで微笑んでいる奥ゆかしい女性。楚々とした品のあるふるまい。それでいて、苦労を表に出さない、しっかりした女性。
夢二が九十九里で一目惚れした女性「長谷川カタ」は、そんな待宵草の花が似合う女性だったのだろう。失恋した男性には去った女性はそう見えるものだ。と言ってしまえばこれも興ざめだが、そんな女性だったとすれば、私だって魅力を感じるし、追い求めるかもしれない。

今、8月10日午後6時を回ったばかりだ。今夜の空は雲におおわれ、月もなさそうだ。外は薄暗くなってきた。畑はもうすぐ夜の底に沈む。花が開くのはそれからなのだ。
待宵草は、なぜ人目を忍んでそんな闇夜に咲くのだろう。

《機関紙『春の風』平成29年9月号》

# アカシアの雨がやむとき

アカシア（ニセアカシア）の樹を見かけるのは、この辺りでは雫石川（盛岡市）の河川敷ぐらいである。

かつて、盛岡で学んだ留学生の卒業式（学位授与式）に出るため、アメリカ・インディアナ州のリッチモンドに行ったことがある。シカゴ空港で乗り継ぎ、デイトン（オハイオ州）までは空路。州をまたいでアーラム大学のあるリッチモンドまでは車であった。その車窓から見える景色は地平線まで広がるトーモロコシ畑で、畑の中を防風林か境界なのか、帯のような林が延々と伸びていた。その林の上に飛び出て続く背の高い樹がアカシアだった。5月の初め。樹は白い花をつけていた。

私がこの樹と花を知ったのがいつだったかはっきりしないが、高校のころまでは知らなかったと思う。
アカシアの花は、北原白秋作詞の唱歌『この道』や、石原裕次郎が歌った『赤いハンカチ』（萩原四朗作詞）にも出てくる。

♪この道は　いつか来た道／ああ　そうだよ／あかしやの　花が咲いてる　『この道』

♪アカシヤの／花の下で／あの娘がそっと瞼を拭いた……　『赤いハンカチ』

忘れられないのは、『アカシアの雨がやむとき』（水木かおる作詞・藤原秀行作曲）である。西田佐知子の歌い方も印象的だったが、詩の内容に驚いた。

♪アカシアの雨にうたれて／このまま死んでしまいたい／……／冷たくなったわたしを見つけて／あの人は／涙を流してくれるでしょうか……

歌詞は、心を通わせることができずに別れた女心のせつなさと、それに絶望した女の死を詠っている。「このまま死んでしまいたい」のフレーズには、ドキリとさせられた。
救いようがない挫折感とやり場のない思い。そして悲劇的な結末。哀愁をおびたトランペットの音に乗せ、彼女はどこか投げやりに歌った。それは、歌の主人公が、自分の運命（さだめ）にふてくされているようにも聞こえた。

西田佐知子がデビューして2年後の1958（昭和33）年、専属プロデューサーだった五十嵐泰弘は、彼女のためにヒット曲を模索していた。そんなとき、出張先の名古屋の公園で、白いコートの女性が男性と言い争っているのを見かけた。男はふり返りもせずに去っていくが、置き去りにされた女はしばらくそこにたたずんでいた。

彼はその光景が忘れられなかった。そんな光景をどこかで見ている。記憶を手繰ると、それがいつか観た映画、『雨の朝パリに死す』（1954年・エリザベス・テーラー主演）の一場面と重なった。この映画はアメリカの作家F・スコット・フィッツジェラルドの小説『バビロン再訪』を映画化したものである。彼はそのひらめきを作詞家の水木かおるに話し、作詞を依頼した。

この歌が世に出たのは1960（昭和35）年4月である。この歌がヒットした背景を当時の「安保闘争」と関連付けて語られることが多い。歴史的な大衆運動は岸内閣を退陣に追い込んだが、安保改定阻止はかなわなかった。虚しさが広がる大衆のなかに西田佐知子のボーカルとやるせない詞が癒すように響き、広く歌われたというが、若者に支持された理由がそうだとしても、この歌はそれとはまったく関係のないところで生まれている。

私も、高校3年のとき「安保反対」のデモに参加した。高校生のデモは新聞でも学校からも厳しく批判されたが、挫折感はなかった。この曲を聞いたときは、ただただ作詞家の感性に驚き、その想像力と創作力に感心したものである。

この樹と花を知ったのは、たぶんこのときだ。歌うのはからきしだめだが、歌詞に興味を持つようになったのもこのころからである。いい歌に出合うと、つい歌詞の意味と作詞家の詩の世界を想像してしまう。そして、いつも感心させられる。

アカシアは、たくさんの花を房状に咲かせるが、緑にとけ込んでつい見落としてしまう地味な花である。

だが、リッチモンドで見た花は忘れられない。そして、この歌もまた。

（参考『東京歌物語』東京新聞出版部）

《文芸誌『天気図』第16号　平成30年3月》

# 柿の木のある風景

我が家に1本、平成9年に植えた柿の木がある。「桃栗三年柿八年」というが、我が家のそれは9年目にして実をつけ年々その数を増している。今年、まだ葉の落ちきらぬときに50個ばかりを採った。渋を抜いて食べているうちに葉が落ちて、隠れていた実が思いのほかたくさん現れた。

昔、田舎のどこの家にも柿の木があった。落葉が終わり色彩の乏しい初冬のたそがれ時に、たわわについた柿の実が残光に映えた。しばらくすると、鳥たちのために少しばかりを残して実は採られ、どこの家にもたくさんの干し柿が下がったものだ。幼いころは毎年見る風景であった。

柿の実には、ビタミンC、A、K、B1、B2が豊富に含まれ、まるで総合ビタミン剤だ。

ビタミンCは、ミカンなど柑橘類の約2倍。さらに、ポリフェノールは赤ワインの50倍。抗酸化パワーにいたっては、緑茶の500倍である。葉には、ミカンの30倍のビタミンCが含まれお茶に利用される。昔の人は、この木と実の効用をよく知っていた。だから、屋敷内に1本は植えたのだ。

里古（ふ）りて／柿の木もたぬ／家もなし

芭蕉が元禄7年8月7日、伊賀上野（現・三重県伊賀市）で詠んだ有名な句である。街道を進んで古い伊賀の里に入ると、どこの家にも柿の木がある。それがいま枝もたわわに実っている。たったそれだけの句であるが、「里古りて」には、どの家も何代も続いている民家のたたずまいを感じ、「柿の木もたぬ家もなし」には、家族が昔から幸せに暮らしている雰囲気がただよう。こんなところに住みたいと、あこがれているような句である。

『春には　柿の花が咲き／秋には　柿の実が熟（う）れる／柿の木坂は　駅まで三里／思い出すなァ　ふる里のョ／乗合バスの　悲しい別れ』

私が中学生のころ、青木光一が歌った「柿の木坂の家」（作詞・石本美由起、作曲・船村徹・昭和32年）がヒットした。生まれ育った山村から都会に働きに出た若者が、「柿の木坂」で遊んだころを思い出し、幼なじみと故郷に思いをはせる歌である。

駅まで3里（12キロ）もある山間の坂道を登るとその先に、たくさんの実をつけた大きな柿の木が見える。陰に隠れるように茅葺の民家がひっそりとたたずむ。歌からそんな光景が浮かぶ。どこか穏やかで懐かしさを感じるのは、それが私の原風景でもあるからだ。

どこの家にもあった柿の木、今はだいぶ減ったがまだあちこちに見かける。通りがかりにたくさんの実をつけた木を見るが、いっこうに採られたようすがない。陽光に輝く姿も美しいが、どこかもったいない気がする。間もなく雪が降る。手つかずの実に雪を乗せている姿も美しいが、寂しいものだ。

わが家の柿は、高くてもう手が届かない。カラスやヒヨドリが来て、ついばむようになった。せめて、朽ちて落ちないうち食べつくしてほしいものである。

《盛岡タイムス『杜陵随想』平成30年12月3日》

# 朝時雨

起きてすぐ、窓から岩手山を眺めるのが習慣になっている。淡い朝の光が、紅葉が終わった薄茶色の雑木林に注いでいる。その奥に松林が並び、さらにその向こうに頂上を雲で隠した岩手山が見える。庭の隅の柿の木に、取り残した柿の実が光り、根元のドーダンツツジが臙脂（えんじ）の色を放つ。庭の落ち葉が濡れて光り、思い出したように小さな雨粒が落ちている。降っているのかやんだのか。こんな雨を「朝時雨（あさしぐれ）」と呼ぶのだろうか。

時雨ということばのイメージが、いつごろどのようにして自分の内に固まったのか分からないが、ことばもその語感も好きである。

「初しぐれ　猿も小蓑（みの）を　ほしげ也」（松尾芭蕉）
「蓑虫（みのむし）の　ぶらと世にふる　時雨かな」（与謝蕪村）
「しぐるるや　しぐるる山へ　歩み入る」（山頭火）

じきにやむ時雨だが、猿とて寒さがこたえるだろう。じっと寒さを耐えている猿の姿が芭蕉の目を通して見えてくる。細い糸にぶら下がってひとりで世をおくる蓑虫は降りかかる時雨にも平気のようだ。世俗から隔絶した生き方もよいのではないかと蕪村は詠う。山頭火は、行く先の山はしぐれているようだが、雨が降ったら濡れるまでよといさぎよい。芭蕉はこの雨を身にしみる雨ととらえ、蕪村は過ぎていくものの無常観をにじませている。山頭火のそれは、しぐれを人生に重ね自分の人生観を表している。

「さんさ時雨か　茅野の雨か　音もせで来て　濡れかかる」

仙台に17年間住んでいた。この間、この地方の祝宴で唄われる民謡「さんさ時雨」を何度も聞いた。仙台地方の人には申し訳ないが、私はこの唄がお祝いの唄とは思えなかった。戦国時代の１５８９（天正17）年６月５日、磐梯山裾野の摺上原（すりあげはら）での戦いで、出羽米沢の伊達政宗軍が会津の蘆名義広軍に大勝した。その時、一族の伊達重宗が即興で詠んだ『音もせで 茅野（かやの）の夜の時雨来て 袖にさんさと濡れかからぬらん』の歌が元になったと言われている。曲は格調高いのだが、戦いが終わった旧暦6月の雨が、私のイメージする時雨とは合わないし、滅ぼされた会津藩を思えばどうしても「めでたい」にもつながらなかったからだ。

「時雨」には、青時雨・梅時雨のことばもあるように、「ちょうどよい時に降る雨」の意味もある。「さんさ時雨」のそれもそうであろう。だが、初時雨・北時雨・山時雨・夕時雨・雪時雨……と圧倒的に晩秋から初冬にかけて降る雨のことを指している。

「ひとりで生きてくなんて／できないは
　泣いてすがれば　ネオンが／ネオンがしみる……」
（作詞・吉岡治　作曲・市川昭介）

都はるみが歌った「大阪しぐれ」は、冷たい雨のネオン街で過去を悔いながら寂しさに耐える女心を歌い、物憂げな旋律がその情感を醸し出している。彼女は、１９８０（昭和55）年の第22回

日本レコード大賞最優秀歌唱賞を受賞し、作詞の吉岡治も日本作詞大賞を受賞している。
この歌からは、身も心も冷やす無情な雨に、むなしさと寂しさが重なり、雨のネオン街もまたうら悲しい風景に見えてくる。
私のイメージする「時雨」とは、荒涼とした枯れ野にそぼ降る雨で、どちらかというとみぞれに近い。いっとき降って去る雨に「時雨」と名付け、それを人生に重ねる日本人の感性と心の機微、そのすごさに唸ってしまう。

今朝の雨はそのままやんだ。しばらくすると、西の空から張り出した薄暗い雲が、岩手山の半分を隠した。上空まで届いたその雲は、ゆっくり東に流れて空を覆っていく。

《松園新聞『1000字の散歩53』平成30年12月》

# 恋愛詩

島崎藤村の『春』に、捨吉の恋人として描かれる「勝子」のモデルは、本名佐藤輔子で、藤村の初恋の人とされている。

佐藤輔子の父親は花巻出身の佐藤昌蔵で、磐井郡長となり一関に住んだ。のちに第一回岩手県選出国会議員となるが、輔子はここから一関小学校に通っている。

自分の住む一関にゆかりのある藤村の恋人。それをどうしても書かなければならないと、一関在住の作家・及川和男氏が、『藤村永遠の恋人　佐藤輔子』（１９９９年 森の本）を著した。専門家のなかでも高い評価を得ている評伝である。

その著者が、平成31年3月10日亡くなった。氏は、「島崎藤村学会」の会員でもあり、

よく藤村の話をしていた。藤村の名と、いくつかの詩は学校の教科書で知っていたが、それ以外に知る詩はいくつもなかった。

葬儀から帰って『藤村詩集』（新潮文庫・昭和45年2月・5刷）を繰ってみた。偶然開けた20ページに有名な『初恋』があった。一連は覚えていたが二連、三連と読むうちに、その情景が生々しく浮かんでくる。こんな詩だったかと思いを新たにした。

まだあげ初（そ）めし前髪の／林檎のもとに見えしとき
　　前にさしたる花櫛の／花ある君と思ひけり

一連は、初恋の始まる出会いの場面である。幼女のオカッパの頭が大人の桃割れになって、前髪に赤い花櫛が差してある。たぶん、ふたりは幼なじみだった。少年には、急に大人びた彼女がまるで花が咲いているように見えた。

やさしく白き手をのべて／林檎をわれにあたへしは
　　薄紅の秋の実に／人こひ初（そ）めしはじめなり

二連は、白い手を伸ばして林檎を差し出す場面だ。袖口からのびた白い腕。手のひらに乗った赤いリンゴ。少年はそれに「女性」を感じて、ドキリとしたに違いない。そして、恋を意識する。

わがこゝろなきためいきの／その髪の毛にかゝるとき
　たのしき恋の盃を／君が情に酌みしかな

逢瀬を重ね、少年の「ため息」が少女の髪にかかるほどふたりの距離はちぢまっていく。少女の髪から椿油が匂ってきそうな三連である。

林檎畑の樹の下に／おのづからなる細道は
　誰が踏みそめしかたみぞと／問ひたまふこそこいしけれ

少女へのつのる思いを詠ったのが最後の四連である。踏み固めて道ができるほど、ふたりは何度も林檎の木の下で会う。少女は少年にたずねる。

「ねえねえ、この道は、誰が作ったのかな？」

自分ではわかっているくせに、いたずらっぽく問う少女を少年はよけいに愛おしくなる。

この詩は、1897（明治30）年の『若菜集』のものだが、1936（昭和11）年の『早春』では三連が削除され、四連最後が「うれしけれ」に変えられている。

「こいしけれ」では、終わった「初恋」を回想しているようにも受け取れ、「うれしけれ」

だと現在進行となる。私などは、どちらでも良いと思うが、むしろ、39年もの間、一編の詩、一つのことばにこだわり続ける詩人の言語感覚とその執念に恐れ入る。

昔はさほどの感慨もなかった『初恋』だったが、今でも記憶に残っているのは、詩の抒情性と美意識が私の心に入り込んでいたからだろう。120年後の今読んでも詩はみずみずしく、艶やかである。明治時代の道徳観からすれば、驚くほど新鮮な「恋愛詩」であったはずだ。

生前、氏からもっと藤村と佐藤輔子の話を聞くべきだった。

《松園新聞『100字の散歩57』平成31年4月号》

# V 土地に残した記憶（社会）

# 地名は語る

私の生まれて育ったところは、岩手県の「紫波町」というところである。町村合併で紫波町となったのだが、以前は「志和村」とよばれていた。

志和村が、紫波町に包含されてしまったのは昭和30年のことで、私が12歳のときであった。それまで私は、村や部落・屋号になじんで育った。「どこの出だ」と問われれば、「志和（村）の権現堂（部落）の沼川竈（カマド）です」と答えていた。

紫波町を「むらさきのなみ」と説明すると、「いい名ですね」と人は言うが、私は、同じ「しわ」でも、私は「こころざしのわ」と書く方が好きである。前者にどこか近代的なものを、後者には素朴なものを感じ、その素朴さがいいのだ。今は、その志和とい

う地名を用いることはない。

今はあまりなくなったが、いっとき、町名変更が頻繁だったことがある。旧町名を生かして新しい町名にする場合が多いが、すっかり消えてしまう町名も多い。一帯を、どこにでもある「○○が丘」のような町名にしてしまうのは残念に思ったものだ。

地名は、正直に過去を語る土地に記された文字であるという。地名の語源を調べることは、地名の起源を解釈し、その地方の人間の歴史を明らかにすることであるともいう。

今住む盛岡の町は、常にお城が中心に城下町盛岡ならではの地名が多く、私が盛岡の高校に入った昭和33年ごろは、まだまだ多くの地名が残っていた。

紺屋町・鉈屋町・馬場町・材木町・梨木町などは今も残っているが、三戸町・紙町・日陰門外小路。穀町・上小路・下小路・木伏などはもう残ってはいない。

「紺屋町」や「材木町」などのように、その町がどんな町だったか分かるものも多いが、「はて？」と思う町名もある。

材木町から上田までのもっとも長い町だったから「長町」と名付け、盛岡城の内堀と中堀の間に囲まれた区域を「内丸」と称した。江戸初期、二代藩主南部利直が奥州街道の南口に出羽国仙北郡の出身者を住まわせたことで「仙北町」となり、元禄年間に平山伝右衛門が町割をしたことから「平山小路」となった。「帷子小路」も帷子多左衛門が町割をしたからである。盛岡城造営や町の建設に、三戸から来た武士や町人が集住したところが「三戸町」となり、「仁王小路」は、そこにあった古寺に仁王堂があったからだ。

地名には、名付けられたそれなりの理由と歴史があるのだ。

私の生家は「志和村梅田」というところだった。なぜ「梅田」なのかずっと分からなかった。長年の疑問が解けたのは、父の一周忌にわが家の記録を作っておこうと調べたときだった。亡くなった中学の恩師が出版した『志和の地名と屋号』（紫波町志和公民館・平成15年刊）のなかに1行足らずの記述があった。

この辺りは湿地帯が多く、水田開発のとき大量の土砂を投入して水田にした。そこで、この辺りを「埋めた田んぼ」の意味で「うめだ」と呼んだ。それが転じて「梅田」となったという。本には、「……らしい」と記されているが、耕地整理前の田は膝下まで沈む谷地田であったし、すぐ近くに「梅田」「谷地田」の屋号も残っているから説得力がある。どんな名であれその由来が分かると、その地が開かれた時代に思いをはせ、愛着がわくものである。そこに住んでいる人ならなおさらだろう。

人間の活動速度が速まり、その範囲が拡大していけば、記号としての地名もわかりやすい方が効率的だろう。古い地名が時代に即応して変化していくのもある程度しかたないことかもしれない。だからと言って、そのために、人間の歴史が忘れ去られるようではならない。

地名は単なる記号ではない。歴史を語っているのだ。

《松園新聞『1000字の散歩56』平成31年3月号》

# 土地に残した記憶

旅行に行って写真を撮り、仲間が集まれば記念写真を。日記にその日を事細かに記録する。それらは記憶を形に残しておこうとする行為である。だが、アルバムでも日記帳でも、だいたい一・二代限りでいずれ始末される。ずっと後の世まで残すべき記憶は、碑にするか土地に残すことだ。惨事のあった場所に記念碑を建てるのも、遺構を残そうとするのもそのためである。広島の「原爆ドーム」や長崎の「平和祈念像」もそのひとつで、それらは日本中に数えきれないほどある。

東日本大震災のあと、被災地のあちこちでそれが議論された。陸前高田市（岩手県）の「奇跡の一本松」、南三陸町（宮城県）の「防災対策庁舎」などが遺構として残され、石巻市表須江地区では、碑を2基立てることを決めている。今なお論議しているところもあるが、実現しなかったものも多い。災害の記憶を遺構として留めようとすれば、後世のために必要だと主張する人と、当時のつらい記憶を呼び戻すから不要だとする人が出てくる。どちらの思いも理解できるが、記憶は何かの形で残さなければいずれ忘れ去るものである。

土地に残した記憶のさえたるものは墓所だ。

エジプトのピラミッド。インドにあるタージマハル遺産。中国・西安郊外で発掘された始皇帝陵と兵馬俑坑。日本の古墳群もそうだ。空海が開いた聖地・高野山には、織田信長と彼を討った明智光秀も、その後天下をとった豊臣秀吉もここの墓に眠る。それは、時の権力者が自ら、または、それを慕うものたちが生きた証として築いた。

これらの碑によって、当時の記憶を1000年、2000年後の今まで語り継ぐことができたのである。市井（しせい）の人たちも先祖を忘れまいと墓を建て、寺の檀家となって先祖を過去帳に残している。「悲しい死」を思い出すから墓や遺構は要らないとはならなかったのである。

あのとき、宮古市重茂の姉吉地区に立つ「大津波記念碑」が話題になった。その碑にはこう刻まれている。

高き住居は　児孫の和楽　／想へ惨禍の大津浪　／此処より下に　家を建てるな　／明治二十九年にも　昭和八年にも津浪は此処まで来て　／部落は全滅し　生存者僅かに　前に二人後に四人のみ　／幾歳経るとも要心あれ

「明治三陸大津波」(明治29年)では、この地区の住民60人以上が亡くなり生存者は2人。「昭和三陸津波」（昭和8年）では、100人以上が犠牲になり生き残ったのは4人だけだった。それを碑に刻んだのだ。

碑は、昭和三陸津波の後に住民の浄財によって建てられたが、この碑を立てようとした当時の地域住民にも、いつまでも悲しい記憶を思い出させるからと躊躇し、反対した者もいただろう。だが、子孫のために建立を決意した。海抜約60メートルの地点に建立された石碑の教えを守った集落（11世帯、約40人）には、この津波による建物被害は1軒もなかった。残念だが、学校に迎えに行った親子4人が犠牲になったが……。

『高台にある家は子孫に平和と幸福をもたらす。……此処（ここ）より下に家を建てるな』

と刻んだ碑は、115年前の記憶と教訓を後世に残し、建立78年後の東日本大震災の津波から子孫を救ったのだ。

いつの時代でも、人は忘れてしまいたいほどの悲しい記憶であればあるほど、その「跡」を残して子孫に伝えようとしてきている。

《松園新聞『1000字の散歩48』平成30年7月号》

【明治三陸大津波】1896（明治29）年6月15日、三陸沖約150kmを震源とするマグニチュード8・5の巨大地震。大きな津波が三陸沿岸に襲来。津波の高さは38・2m。死者は22066人、流失家屋は8891戸。

【昭和三陸大津波】1933（昭和8）年3月3日、岩手沖約200kmを震源とするマグニチュード8・3の巨大地震。津波の高は三陸町綾里で28・7m。死者・行方不明者は岩手県を中心に3064人に及んだ。

# 里・町・尺・反

千葉県に「九十九里浜」、神奈川県には「七里ヶ浜」がある。ずっと、縁起の良い数字か語呂合わせで付けた地名だと思っていた。だが、そうではないようだ。

昔、1里を5町か6町としていた時代があった。1町が6尺×60間だったから、一里が540～650メートルになる。九十九里浜は60キロと少し、七里ガ浜は4キロ弱あるから、浜の長さがだいたい99里と7里になる。まったくいいかげんに付けた地名ではなかったのだ。

【鎌倉・七里ヶ浜】

そう知ったのはそんな昔のことではない。と言っても15年ほど前になるが、永六輔（タレント）らの運動で「鯨尺」が復活した話を知って「尺貫法」を調べたときだった。

「メートル法」の完全実施は、1959（昭和34）年1月。私が高校2年のときである。以降、「尺貫法」は取引に使えず、道具も作れなくなった。

社会人になり、損害保険会社の損害調査部門で、保険金を支払う仕事についた。当然、火災現場に調査に出向く。現場では、出火原因の調査と土台や焼け残った柱から消失建物の図面を起こし、屋根や壁材などを確認し記録していく。図面は、1間の半分・3尺ごとに柱が立っているから比較的容易に図面を起こせた。後年、ツーバイフォー工法（木造枠組壁工法）やメーターモジュールの建物が流行りだして簡単ではなくなったが。

社に戻って、図面を基に新築価額や修繕費を積算し支払い保険金を計算する。積算は、坪当たり使用材木の「石（こく）数」と大工人数の目安があり、資材の使用量と値段も調べると分かるから、慣れるとそう難しい作業ではなかった。だが、面倒なのは図面も計算書も全部メートル法に換算して作る報告書だった。

軽微な焼損であれば業者の見積りをチェックすることになる。昭和40年代になっても見積書はほとんど尺貫法で、大工さんたちにメートル法はまだ無縁であった。

私は農家の生まれだから、1反歩（300坪）の田んぼがどの程度の広さかだいたいの見当はつく。建物だってほとんどがこのサイズで建てられているから、坪数の方が建物の大きさがイメージしやすく、部屋は畳の数を言われた方が分かりやすい。

メートル法になっている今でも、マンションや宅地販売のチラシには、括弧書きだが坪数が書いてある。ホームセンターで売っている角材も長さが90センチ（３尺）、１８０センチ（６尺）だし、18リットル入りの灯油缶は昔風に言えば1斗缶だ。炊飯器には1合ごとに水量のメモリがついていて、付属の計量カップも1合である。お酒は1升単位で売られ、「1本つけて」と言えば1合徳利が出てくる。

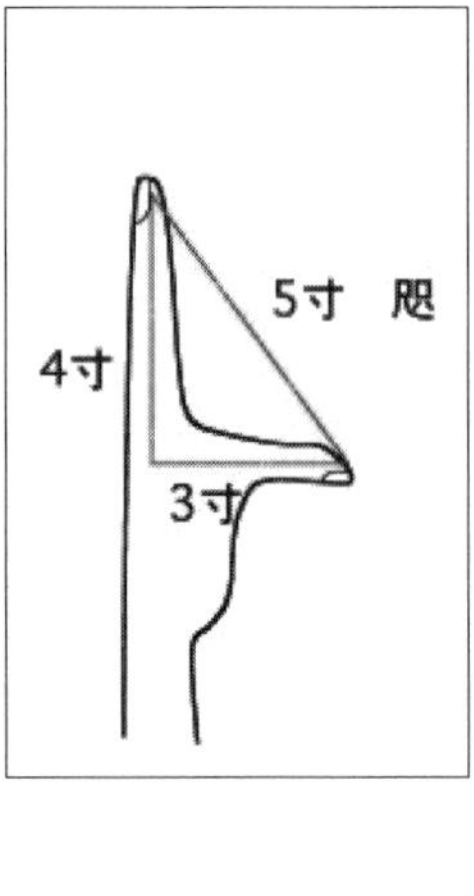


尺貫法は日本人の生活に溶け込み、体に染みついている度量衡である。それは、もともと人間の体から生まれた尺度で、どれも日本人にとっては「手ごろ」なサイズであるからだ。

体積の「1合」は両手で穀物をすくったときの量から始まり、「尺」は、指先を普通に広げたときの間隔が元になった。面積の「坪」は「歩」といって、一辺が左右一歩ずつ踏み出した幅から生まれ、距離もこの歩幅が元だ。深さの基準に使われる「尋（ひろ）」は、人が両手を広げた長さである。手ぬぐいや小風呂敷のサイズは着物の「並幅」からきているし、封筒のサイズは漉く和紙の大きさからだ。どちらも人のサイズが元である。

幼いころ、大人が指を広げて尺取り虫のように動かし、長さを測っているのを見かけた。縄の長さは両手を広げ、手繰って測っていた。土地の大まかな面積は、歩数で計算することはよくあることだった。

本当の意味で米が主食だった時代には、一食平均ひとり1合、日に3合を食べていた。そのころ1坪から3合の米を収穫していたから、360日分、1年分の飯米が収穫できる360坪が1反歩だった。「加賀百万石」は、百万人が食べる量の米が獲れたということであり、「三反百姓」と呼ばれた零細農家は、大人2人・子どもが大人の半分で2人分、親子4人の家族がギリギリ食べていける面積だったのだ。

収穫量の少ない山地や寒い地は、600坪や900坪が1反になることもあったが、反当たりの収量が増えたこともあって、「太閤検地」（豊臣秀吉が行った全国的検地・天正10（1582）年開始）でこれが300坪に統一された。

一里塚の跡が今も残っている。昔、この間隔が街道ごとに違っていた。それを、慶長7

（1602）年に徳川幕府が36町に統一した。1里を12960尺と「法律」で定めたのが明治政府、明治24（1891）年のことである。1里が3・927キロで約4キロ、歩いて1時間。私たちが覚えているのはこの距離である。

その前の1里は距離ではなく、人の歩く距離が基準であった。「○○まで○里」の道標があれば、道の勾配や峠、難所に関係なく次の宿場まで並足での時間が計算できるように作られていた。

だから、東海道・中山道の一里塚は36町で4キロ間隔、伊勢路が48町で5キロ、山陽道は72町で8キロと街道によって間隔が違っていた。事実、中山道は531キロの間に135の一里塚があって、間隔はほぼ4キロである。山陽道の間隔は8キロもあるが、旅人が普通に歩いて東海道や中山道の倍の距離を稼げたということである。それだけ山陽道が平坦で歩きやすい街道だったのだ。

それにしても1時間に8キロとは結構な速度である。当時の旅人は健脚で足も速かった。夜明け前に宿を立ち、日暮れ前に宿場に入る旅を何日も続けた。途中休みながらとはいえ、日に10時間も歩いた。

メートル法は、人間の実生活とまったく関係のない地球のサイズから割り出されたものである。言ってみれば、サイズのためだけに作られたサイズで、1000年以上もかけて作り上げた尺貫法とは根本的に違う。

世界を相手に取引をするためには共通の物差しが必要ではある。だが、日本国内だけで使用するものまで無理にメートル法にする必要があったのだろうか。

世界にはいろんな単位がある。長さでは、インチ・フィート・ヤード・マイル。面積はエーカー。ここに尺や里、坪や反・町が入っていてもおかしくはなかったろう。どちらの長所も生かす制度にしても良かったのではないか。私はそう思っている。だいたい、いつの時代もサイズを決めるのはお上で、庶民の実用性より年貢や税金を効率よくとるためだった。

太った子を「百貫デブ」とからかった重さの「貫」はとっくに死語だ。「匁」は真珠のサイズだけになり、長さの丈・尺・寸も消えた。面積の反・畝、距離の町・里もめったに耳にすることがない。量の「斗」や「石」が出てくるのは時代小説の中だけで、米を「枡」

で測る計る光景は、時代劇・水戸黄門で見るぐらいである。

今の子どもたちは、童話アニメ『母をたずねて三千里』を見たことがあるだろうか。昔話の『一寸法師』を知っているだろうか。距離が3000里、身の丈1寸と言っても分かるまい。

永六輔らの20年かけた運動が「鯨尺」を復活させたが、日本文化のひとつであるこの度量衡が消えてしまうのは残念である。宅地建物の販売チラシから「坪」が消えるのも、間もなくということか。

（注・「七里ケ浜」の名の由来には諸説ある）


【盛岡・上田一里塚】

《松園新聞『1000字の散歩49』平成30年8月号》

# 西暦と和暦

届いた年賀状の年号表記は、西暦と和暦がさまざまである。年賀状は日本の風習であるから和暦がふさわしいと、私は「平成」を使っている。年配層は和暦、若い人たちは西暦が多いような気がするが、どうだろうか。

お年玉付き年賀ハガキには西暦と和暦の両方が印刷されている。運転免許証や健康保険証などの生年は和暦だし、いろんな届出書類でも生年月日の記入欄には大正・昭和・平成を○で囲むかチェックするようになっている。西暦の記入もたまにはあるが、生年月日の場合はほとんどが和暦だ。

正確な年数を知るには西暦が便利ではある。昭和64年は7日間、昭和元年は6日間だけである。和暦では何年前のことなのかを知るには不便なのだ。しかし、１６５７年の江戸大火というより、「明暦の振袖火事」、１７２６年の討ち入り事件というより、「元禄忠臣蔵」、１７８８年の大飢饉は、「天明の大飢饉」といった方が私にはピンとくる。「応仁の乱」と聞けば西暦年号は覚えていないが「室町時代の内乱」と覚えている。「応仁」という元号はたった2年だけである。

「生まれた年月日は？」と面接試験で問われて、「１９８９年○月○○日です」と応えたら「昭和ですか平成ですか」と聞き返された。問われた若者は、「だったら、先にそう言ってほしい」と言っている投書記事を読んだことがある。面接官は若者の年齢を聞こうとしたのではない。たぶん、若者の生きた時代を知りたかったのだ。大正生まれと聞けばだいたいの年齢も、どんな時代を生きてきたかも想像がつく。昭和ヒトケタ生まれとか戦中・戦後の生まれと聞いてもしかりである。高度成長の時代といえば昭和30年代から40年代、バブルの時代といえば昭和50年代から60年というように、日本人には、和暦と「ある時代」を結び付けてとらえる思考が根付いている。

今のカレンダーはほとんどが西暦表示で、月日と曜日が並び、祝祭日が赤で印刷されているぐらいである。かつてのカレンダーには、旧暦の行事や大安・仏滅といった暦注が記されて、いわゆる「暦（こよみ）」であった。人は日々、その日に意味をもたせて生きてきたのだ。今は、「暦」ということばも、大安、仏滅などもまず耳にしない。

「生年月日に和暦なんて意味ないじゃん」

「仏滅。それなに？」

という世代が増え、時代は合理性をもとめて西暦表記に進んでいくだろう。だが、年代を数字ではなく、和暦の名称とともに時代を特徴づけて共有する思考が日本人にある限り、和暦表記もそう簡単にはなくならないだろう。そうは思うのだが、それも自分の時代だけで、将来はすべてが西暦表示に統一され、和暦は天皇が即位するときと、「日本史」と「時代小説」を読むときだけになるかもしれない。

《機関紙『春の風』平成29年2月号》

# 誕生日占い

私の誕生日は2月6日で、その誕生祝いに友人から『マイ・バースデー・ブック 2月6日』という本をいただいた。13センチ四方の手のひらサイズで33ページ。薄い冊子と言ってもよいが、ハードカバーのしっかりした作りだ。お祝い用の本らしく、立ち読みも、送り主も中は読めないように包装してあった。

私は運勢を気にしない方である。おみくじを引くのは初詣に行ったときぐらいで、雑誌の占いもほとんど読んだことがない。今年の運勢とか今月の運勢と言われても漠として当てにならないと思っているからだ。だが、この本の見開きに、「2月6日生まれのあなたへ」とあると、自分だけの占いのような気がして興味がわく。

開くと、性格は「生きることに熱心」、全体運は「自由な環境で才能開花」と小見出しにあり、それを詳しく解説している。褒められているような気がして悪い気がしない。

友情運は「友人と刺激し合い、お互いに成長」とあるが、誰でもそうだろう。金運は「アイデアをお金にする力を持つ」とあった。これは、そうかなあと疑問符がつく。健康運は「生活習慣の改善に心がけて」だ。これは当たっている。独り暮らしが10年を超え、74歳になったのだから、当然と言えば当然だ。恋愛運は「お互いに負担をかけない関係を望む」とあり、家族運は「家庭の気配を感じさせない」と言っているから当たらずとも遠からずか。

今年、日本老年学会は、65歳以上と定義されている「高齢者」を75歳以上に見直すよう提言した。どちらにしろ、自分は高齢者なのだから将来が大きく開かれているわけではない。いろいろ書いてあるが、健康運を除けば総じて「今のままで良し」と読んだ。

だが、待てよ。2月6日生まれの人はたくさんいる。この本は365日のパターンがつくられているのだろうが、2月29日もあるとすれば、366のパターンとなる。

これを読むのは2月6日生まれの人だろうが、その日に生まれた人には20代の人も40代の人もいるし、私のように70代だっている。その人たちはみな同じ内容を読むことになる。

でも、自分には、どこか言い当てられた妙な気持ちになった。それが占いの「不思議さ」なのかもしれない。

こんなことを言うとどこか難癖をつけているようで、贈ってくれた友人が気を悪くするかもしれない。だが、それとこれとは別問題である。今年の誕生日プレゼントは3人からだけで、そのひとつなのだから。

《松園新聞『1000字の散歩30』平成29年3月号》

# お化け屋敷

「もりおか町家物語館」は、古い町家の景観を残す「浜藤酒蔵」の建物（盛岡市の保存建造物）を改修してつくられた会館である。市民の交流の場となっているその会館で、今、「お化け屋敷」が期間限定（7月21日～8月20日）で催されている。

所用でこの会館を訪ねたときが、この準備の最中であった。館長は「手作りだから、どれだけのものができるやら……」と言っていたが、公開のニュース映像には驚いて泣きだす子どもを映していたから、なかなかのできであろう。

「お化け」は、モノや動物が本来ある姿から大きく変化（へんげ）したものである。無下

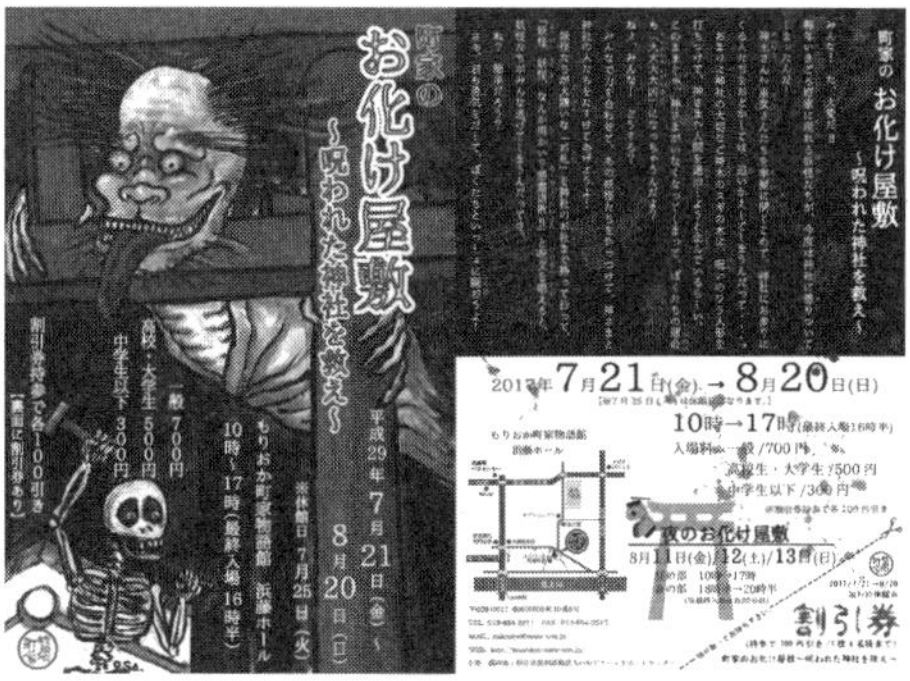

に殺生され恨みを抱いて死んだ動物が違う姿で現われ出るもので、「カラカサお化け」や「提灯お化け」がそうだ。「化け猫」というのもある。ものを粗末にあつかい捨てると後で化けて出てくると戒めているのだ。

あえて区分するとすれば、この世に未練や恨みがあって成仏できない死者が、因縁のある人の前や場所に出てくるのが「幽霊」で、奇怪なものが「妖怪」である。

昔のお祭りには、「お化け屋敷」や「幽霊屋敷」が神社の境内によく建ったものだ。「妖怪屋敷」もあったかもしれない。気の弱い私は迷いに迷って、何度か入ったことがある。外に出てしまえば怖かったことなどすぐに忘れてしまうのだが、入るまではなかなか勇気がいるものだった。

「怖いもの見たさ」もそうだが、好奇心は人間本来がもっているものである。動物にもそれはあるそうだ。好奇心とは、物事を探求しようとする根源的な心で、知的活動の根源となるものだ。脳科学者の茂木健一郎氏は、「好奇心がなければ『ヒト』ではない」とまで言っている。

「あなたの趣味はなんですか?」

知り合って間もない人同士が、あいさつ代わりに出身地や趣味についてたずね合う。これは相手への興味の表われで、好奇心からでるものである。自分に興味を持ってくれる人を邪険にする人はいない。興味のある人の話はよく聞こうとする。

好奇心の強い人は良い聞き手であり、会話が上手な人が多いそうだ。周囲の人にも興味津々。好奇心は人間関係を築く上で欠かせないものである。そのおかげで豊かな社会生活を送ることが可能となっていくのだ。

庭で見つけたダンゴ虫を捕って母親に見せる。しゃがんで穴から出入りするアリを飽きずに眺め、チョウやバッタを追いかけまわす。幼い子どもは好奇心が旺盛だ。子どものもつ好奇心は、本来自分が持っている「天賦の才」だから幼子はみな天才なのだ。だから、物心がつけば知的好奇心が育ち、何にでも興味をもつようになる。

だが、本来もっているはずの好奇心が、大人になってそれが強い人とそうでない人が出てくるのは、その後の育つ環境の違いであるそうだ。ダンゴ虫を見せられた母親が、驚いて「捨てなさい！」と叱り、「アリは嫌い！」とすぐやめさせる。虫の嫌いな親の子は、決まって虫嫌いとなる。

お化け屋敷に入った子どもたちが、インタビューに応えていた。

「怖かったけど、楽しかった」

怖さに耐え、好奇心が満たされた満足げな笑顔であった。

お化け屋敷をクリヤーした子どもたちの好奇心は、次の未知なるものを求めてさらに成長していくだろう。

《盛岡タイムス『杜陵随想』平成29年9月22日》

【幽霊】

【お化け】

【妖怪】

# これから湯に入ります

「拝啓」に始まり、気候のあいさつと安否の伺い、用件を書いた後にそれなりの結びを書き、「敬具」で終わる。それが礼を失しない手紙の書き方であろう。

まったく知らない人への手紙はそうなるだろうが、私は肩肘を張った堅苦しさを感じて、どうもなじめない。形式にそった手紙には「形式美」というものがあると言ってしまえばそれまでだが、どこかよそよそしく親しみに欠けるような気がするからだ。

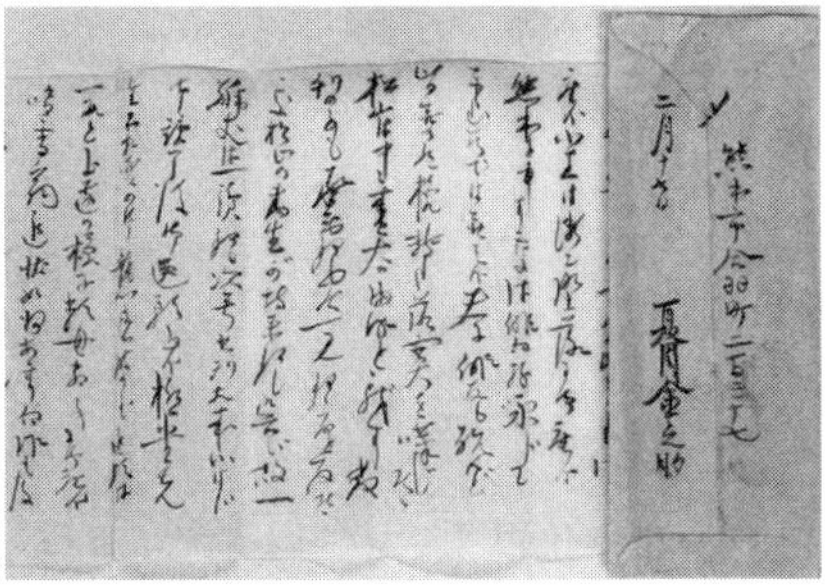

【夏目漱石の手紙】

私は見ず知らずの人に手紙を書くことはまずない。書くのは知り合い宛の礼状、近況報告、案内のたぐいであるから、ハガキでも手紙でもほとんどは「前略・草々」で済ませている。それでも、用件だけではどこかぶっきらぼうな気がして最後に、「ドウダンツツジが色づき始めました」とか、「今日は一日中雨でした」とひとこと付け足してしまう。

『これから湯に入ります』

手紙の終わりにそう書いたのは夏目漱石（1867年〜1916年）だ。亡くなる4か月前のことである。交流のあった芥川龍之介と久米正雄からハガキをもらい、若い二人の小説への熱意に、こうアドバイスして励ました。

『君方は新時代の作家になるつもりでしょう。ぼくもそのつもりで、あなた方の将来を見ていきます。どうぞ偉くなって下さい。しかし、むやみにあせってはいけません。ただ牛のように図々しく進んで行くのが大事です』

二人からすぐ返事がきて、数日後、漱石は再び返事をしたためた。

『君らの手紙があまりに溌剌としているので、無精の僕ももう一度君らに向かって何か言いたくなったのです。いわば君らの若々しい青春の気が、老人の僕を若返らせたのです』

二人の前途を期待し、最大限の励ましを述べたあと、『これから湯に入ります』と結んだ。

坪内稔典（つぼうち としのり・俳人）は、この結びがたいそう気に入っているようだ。『手紙に用件だけを書いたのでは味気ない。かかわりのない余分なことを書くことが、すてきな残像、快いあと味、余香がでてくるものだ』と、『ねんてん先生の文学のある日々』（新日本出版社）のなかで言っている。

たしかに、受け取った方からすれば、そのひとことで送り主の息づかいを感じ、ぐっと親しみがわくかもしれない。でも、書く方はそれを意識して書いているだろうか。

私は、「快いあと味」をねらって書いているわけではさらさらない。用件を正しく伝えようすれば、どう書いてもよそよそしくなってしまい、書いているうちに照れくさくなってくる。その照れをかくすように、ひとこと余計なことを書いてしまうのだ。いつか流行った「……。なんちゃって！」の感覚に近い。

漱石は『牛になることはどうしても必要です。われわれはとかく馬になりたがるが、牛にはなかなかなりきれないものです』と諭すようなことも書いている。

自分を老人と呼んだ漱石は、そのとき49歳である。少し気負った手紙を書いたその後で、私と同じような照れが生じたのではないか。その照れが「これから湯に……」と書かせた。そんな気がする。漱石は、その昂ぶった気分を湯につかって解放しようとした。そう考えると、湯につかる漱石の湯音と吐息が聞こえてくるようである。

私は照れ隠しみたいな感覚で書いてしまうが、漱石は違うのかもしれない。でも、ねんてん先生が言うように改まった手紙であればあるほど、余計なひとことが必要な気がする。

今年が漱石生誕１５０年。去年が没後１００年だった。

《盛岡タイムス『杜陵随想』平成29年9月26日》

# 酒と肴

ビールには枝豆、ワインはチーズ、日本酒はお刺身。いずれもランキング1位の「つまみ＝肴」である。

だが、焼酎には定番というものがないようだ。蒸留酒だから、ワインや日本酒のように「甘味」や「酸味」、「渋味」といった「くせ」があまりないからだろう。焼酎には焼き鳥が一番とか漬物だという人もいるし、ポテトチップやケーキでチューハイ飲む女性も多い。

皆は、まだビールも出てこないのに、あれこれ「肴」を注文する。飲み仲間が、「何にします？」と私をせかすが、「ぼちぼち、決めるから」と後にする。「肴」は、じっくり店のメニュー見てから決める質（たち）である。

まず、「お通し」が出てくる。「お通し」とは日本料理の伝統文化で、新しい客が来たことを板場に通しましたという意味である。「お酒はすぐに出せますが、料理は少々時間をいただきます。その間、この肴でお待ちください」という客に対する店の心づかいなのだ。お酒は出たが「肴」も「お通し」も出てこないと、「別れの杯」とまでは言わないが、手持ち無沙汰で寂しく味気ないものだ。

お通しを肴に、ビールで喉を潤し、やおら店のママさんに、「今日のおすすめは？」と聞く。「そうね。山菜の天ぷらかしら」と応えてくれる。「じゃ、それにして。それから、お酒1本つけてくれる？」と、早々に日本酒にする。

お酌を嫌う若者も多いようだが、我らの年代は皆お酌上手である。二人だと差しつ差されつ、数人だと賑やかに酌み交わす。唐揚げや天ぷらを食べたあたりで、さっぱりしたものが欲しくなる。牡蛎酢・ホヤ酢・モズク酢、タコ酢など、店にある「酢の物」を注文する。また酒がすすむ。

ワインやビールはそれだけでも楽しめ、食事をしながらでも飲める。だが、日本酒と焼酎はかならず「肴」がセットでなければならない。「肴」が、「主」にも「従」にもなり、それには主従関係がない。特に日本酒がそうだ。

日本酒と肴に主従関係はないと言ったが、私の場合はたびたび「主」が入れ代わる。おいしいと思って「肴」を食べているときは酒がすすまないし、ぐいぐい飲んでいるときは「肴」に手が伸びない。だいぶ飲み過ぎたと思ったときには、「なにか食べないと体に悪いよ」と言われる始末だ。

酔いもまわったし、そろそろ切り上げの潮時かとなって、最後に注文するのが「お新香」である。日本酒党の仲間で飲むとだいたいこのパターンである。

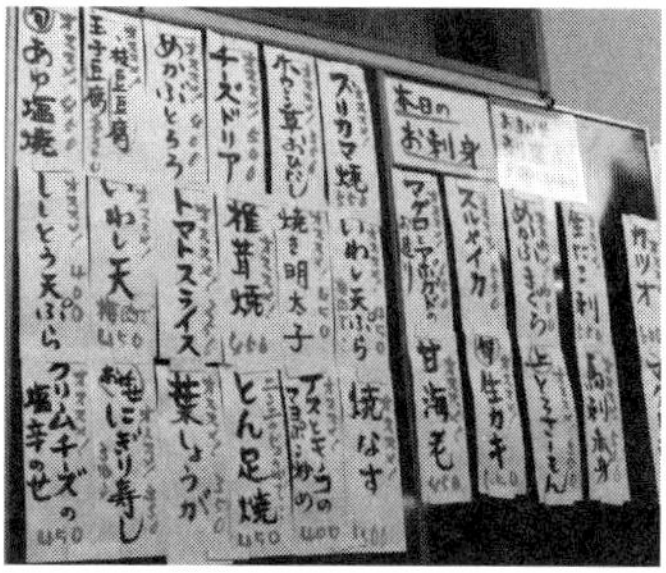


内田百閒（小説家・随筆家）が、こんなことを言っている。
『おかずの名前を知れるは貧乏人なり。おいしいものしか食べぬは外道なり。おいしくないものを好むは、なお外道なり』
禅問答のような彼の「哲学」を私はこう読んだ。貧乏人は、懐具合を気にして安い肴ばかり知っている。どんなものでも工夫をすればおいしくたべられるのに、工夫もしない奴は「通」とはいわない。まずいと思うものを食べる奴の気がしれない。

百閒は、大の食通で料理のあれこれをよく知っていた。美食家で酒もよく飲み、「食べ方」にもこだわった人だった。だが、自分の別号を「借金」をもじった「百鬼園」にしたと言われるほど貧乏だったらしい。貧乏人とは自分のことを言っているのかもしれないが、だとすれば、自嘲なのか、皮肉なのかユーモアなのか。

私は、食べ物にこだわりがないし好き嫌いもない。肴は入った店のメニューから適当に選んで注文するが、仲間が注文した品に「俺にも、それ」と便乗することも多い。できれば辛口の酒と思うぐらいで、その銘柄にもこだわらない。

百閒から言わせれば、「おまえは、酒にも肴にも哲学のない、ただの酒飲みだ」と言われそうである。

そう、私はただ酒が好きというだけである。

《松園新聞『1000字の散歩47』平成30年6月号》

# 酒好き段位

日本には、剣道、柔道、囲碁、将棋、書道、珠算などに段位制度があるのはよく知られている。「コマ回し」や「けん玉」にもあり、数えたらきりがない。

韓国には「酒好き」の段位があるそうだ。

初段……遠近不問　二段……家事不問　三段……金銭不問　四段……酒類不問

五段……国籍不問　六段……生死不問

私も酒好きの部類に入るだろうから私の段位は、と当てはめてみた。

友人に誘われると、ちょっと遠くでも出かけるから初段ではある。ちょっと家の用事があってもやりくりしたり後回しにしたりして出かけるから、昇段して二段になる。

今はそんな店はないが、昔はふところが寂しい時は、「ツケ」のきく店で飲んだから、

三段になるだろうか。ビールで始まり最後は日本酒だが、2軒目のバーやスナックでは、焼酎だったりウイスキーだったりするから、かろうじて四段まで昇るかもしれない。

酒は会話を楽しみながら飲むものと思っているから、相手が誰でもかまわないとは言えない。だから五段は無理。ましてや、酒で死んでもいいとは思っていないから六段は論外となる。

この基準はだいぶ昔のもので、どうも荒っぽい。日本とは国情も違う。そこで、私の今の感覚で私なりに段位基準を作ってみた。やはり十段位まであった方がよいから、新たにいくつかの段位基準を設けた。

初段……家事不問　二段……遠近不問　三段……酒類不問　四段……長短不問
五段……相手不問　六段……不覚不問　七段……終日不問　八段……金銭不問
九段……生死不問　名誉十段……故人のみ

誘われると嫌と言えず、少し遠くても出かける人は二段になる。四段の「長短不問」はいつもお開きになるまで付き合う人で、五段の「相手不問」は、いつでも誰とでも調子に乗って飲める人だ。六段の「不覚不問」は、くだを巻き他人様に迷惑をかけても次の日には全く記憶がないという人である。七段の「終日不問」は朝からでも飲む人で、八段の「金銭不問」はお金がなくても飲みたがる人。このあたりからはもう病気で、アルコール中毒症の範疇（はんちゅう）にはいる。最高位の一〇段は、酒で亡くなった人で故人のみに与える名誉の段位とした。

この基準でいけば、私はどうなるだろう。

家の用事があっても出かけてしまう（初段）。遠くだと行き帰りのタクシー代を一瞬だけ気になるが、誘惑には勝てない（二段）。だいたいは最後まで付き合う（三段）。今は、ビールからすぐに日本酒にしているが、2次会には焼酎やウイスキーを飲むこともあるから四段ぐらいか。調子に乗ると店の客とも意気投合して騒いでしまうこともあるから、せいぜい五段がいいところだ。

周りに酒好きの飲み仲間が多いが、おおかたは三段か四段位ぐらいで五段も結構いる。ちょくちょくハメをはずす六段というやつもいるが、こちらから誘いはしない。

この段位の弱点は、上になればなるほど相手にも尊敬もされないことだ。

四段ぐらいまでは、「酒好きで付き合いがいいやつ」と言われるだろうが、五段ぐらいになると「お先に！」と店においてきぼりにされる。六段は仲間に敬遠されるし、七段から上はもう病気だ。八、九段は狂気の沙汰で、十段は、語り草にはなるだろうが名誉なことではない。

私の「酒好き」段位は五段、人並より少し上の方だと納得はするが、威張ってはいられない。これ以上になると危険領域ではないか。歳を考えたら三段ぐらいにしなければなるまい。

《松園新聞『1000字の散歩44』平成30年3月号》

# ４Ｄ映画

「お父さん、４Ｄ映画、見たことないよね」と、娘が聞いてきた。「ない」と応えると、「紹介するよ」と、すぐスマホで予約を入れてくれた。東京に住む娘が引っ越しをするというので３泊の予定で手伝いに行った。その２日目の午後のことだった。

普通の映画が２Ｄ、専用のメガネ着用で画面が立体的に見えるのが３Ｄで、それに加えて体感する新しい「アトラクション型の映画」が４Ｄである。シーンに合わせて座席が揺れ動き、マッサージチェアーのように背中に衝撃が走る。水しぶきや風も出て、映画の中にいるような体験ができる映画だ。娘がこの映画を「紹介する」と言ったのは、画面に合わせてそれらを作動させるコンピューター・プログラミングの仕事をしているからである。

その夜、新宿の映画館に行った。映画は、『レディ・プレイヤー1』というアーネスト・クラインの小説「ゲームウォーズ」を、スティーブン・スピルバーグ監督が映画化したものであった。

映画は2045年、近未来の話だ。環境汚染や気候変動、政治の機能不全によって世界は荒廃し、スラム街で暮らす人の多くはコンピューター・ネットワークで作られた仮想の世界に現実逃避していた。物語は、その仮想世界と現実社会を行き来して進む。

座席が揺れ、風が顔に当たり、それにしぶきが混じる。空に跳び上がるときは座席が後ろ倒れてのけぞり、急降下は前に倒れる。飛行機の操縦席にいるようでも、空中に放り出された感覚でもある。カーチェースでは自分が運転しているように路面の凹凸が体に伝わってくる。オートバイで転倒すれば、地面にたたきつけられた衝撃が背中に走る。クラッシュした車が目の前に飛び込んでくる。

少々興奮気味にホールを出たが、ストーリーがよく思い出せない。初めての体感に気を取られて話の筋を追えなかったのだ。

「若者向けだから、お父さんにはなじめないかもしれない」

と娘は言ったが、たしかに、ジェットコースターやスカイダイビングの疑似体験ができ、過去や未来のどんな時代にも、宇宙空間にだって行ける。純粋にそれを楽しめる映画でもあるから、それを若者向けと言ってよいかもしれない。

過去に見た映画、『七人の侍』（監督・黒澤明）と『タイタニック』（監督・ジェームズ・キャメロン）が4Dだったらどうだろうか。

野武士の騎馬軍団が疾走するシーンでは、騎馬がたてる地響きを感じ、どしゃぶりの雨の中で戦うシーンでは、飛び散る泥水をかぶりながら見ることができただろう。

大海原を進む豪華客船タイタニック号のエンジンの響きを体の奥で感じ、船首で受けるふたりの潮風を我々も体感できたかもしれない。氷山に衝突した衝撃が体に響き、しだいに傾く船体。沈み始めた船から海に身を投げ、落ちていく感覚。波間に漂いながら救助を待つ主人公たちの恐怖と絶望。それらをより共有できただろう。

初めて3D映画を見たのは、2009年公開された『アバター』（ジェームズ・キャメロン監督）である。このとき奇想天外な時空設定と映像美に驚いたものだ。

あれから10年足らずで映画もここまできたかと感心したが、４Ｄ映画は生まれたばかりである。そのうち、座席の動きがもっと複雑になり、周囲の音と会話が耳元で聞こえ、暑さや寒さも感じるように進化するだろう。このテンポで技術が進めば、自分が仮想世界に入って冒険や探検ができるのも、そう遠くない気がする。

４Ｄ映画は、ひとつのジャンルになっていくだろう。もしかしたら、もう「映画」ではなくなっているかもしれない。

《盛岡タイムス『杜陵随想』平成30年6月24日》

# スケール

スケールとは物差しのことだが、大きさの規模や程度といった意味でも使われる。

今は、地震が発生すればその規模を瞬時に計算し、マグニチュードいくつだと教えてくれる。その数値と距離、震源の深さが分かれおおよその「震度」が予想つく。私がその規模をイメージできるようになったのは、最近のことである。

昭和53年に宮城県沖地震7・5を経験し、日本海中部地震（昭和58年）の7・7、阪神淡路大震災（平成7年）の7・3、東日本大震災（平成23年）の9・0は仕事の被害確認で走り回った。その後、熊本地震（平成28年）7・3、北海道胆振東部地震（平成30年）6・7などがあって、これらがだんだん自分の「スケール」になっていったのだ。

東日本大震災の福島第一原発事故で放射能汚染された土砂や汚泥が、除染作業で仮置き場に集められた。その量が2200万㎥にのぼるという。震災の復興事業で、陸前高田市の土地のかさ上げに要する土砂、約500万㎥をベルトコンベヤーで運んだ。

このような量を表すとき、新聞は東京ドーム18杯分とか4杯分と書く。東京ドームの容積が124万㎥だから、これを一辺が100メートルで高さが124メートルの巨大なカップに見立てて表現すれば読者がイメージしやすいと考えたからである。このような表現は一般化しているようで、ビールの年間消費量やゴミの排出量など、いろんな場面で「東京ドーム○杯分」がでてくる。

このような例は他にもある。広さでも東京ドームや山手線内の広さの○倍というように使い、高さも富士山や東京タワーの何倍、距離なら地球何周分という具合だ。あまり気持ちのいいものではないが、核兵器のエネルギー量を「広島型原爆何個分」とも表す。

私は、東京ドームも霞が関ビルも眺めたことはあるが、中に入ったことがない。だからデカイとは思うが容積も面積もピンとこない。東京に3年間住み、山手線には毎日のように乗ったが、その内側の広さと言われてもまったく見当がつかない。

東京ドームを見たことがない人や東京に住んだことのない人はなおさらだろう。東京ドームができて30余年経っているが、まだ見ていない人だっているはずだ。見ていない人には、「東京ドーム」というスケールを示されても、あまり意味のないことである。

これらの「スケール」は、その「規模」や「程度」を理解するための手助けになるだけで、なければなくてもかまわないものだ。だからといってそれをなくしたら、数字が並ぶだけで、読んだ人はそれを想像もせず、聞いた人は聞き流して気にもとめないだろう。やはり想像力を刺激するスケールはあった方がよい。東京ドームを知らない人でも、その人の「1杯分」をイメージしてもらえばそれでよいのだ。

現代の科学は、我々が理解し想像できる「スケール」をはるかに超えて進歩している。宇宙探査機「カッシーニ」が14億キロ先の土星の輪をくぐり抜け、「ハヤブサ2」が小惑星・リュウグウの岩石を持ち帰る。世界の望遠鏡をつないでブラックホールの写真撮影に成功する。新聞やテレビは、土星までの距離は

地球と太陽の約10倍の距離で電波が届くのに80分、リュウグウまでは15分もかかると教えてくれる。撮影されたブラックホールは５５００万光年先にあるもので、太陽の65億倍の質量だという。そのようすが分かれば宇宙の起源と未来に迫ることができると解説してくれる。そう言われても我々がイメージできずにとまどう。それを理解するスケールをまだ持ち合わせていないからだ。

昔は世界一の意味を「三国一」と言い、富豪を「百万長者」と言った。それが今は文字通り「世界一」になり、単位が繰り上がって「億万長者」になった。東京ドームができる前は、「霞が関ビル（52万㎥）」、その前は「旧丸ビル（30万㎥）」を使っていた。

時代がもっと進めばスケールも大きく変わり、地球上の速度なら音速のマッハに、宇宙だったら光の速度が基準になり、距離と時間は、「宇宙距離」とか「宇宙時間」という今とはまったく違うスケールが出てくるかもしれない。

（機関紙『春の風』令和1年6月号）

# Ⅵ 深海の大魚（政治）

# 進め進め、兵隊進め！

先日、姉弟4人が集まったときに、小学校に入って初めての国語で何を習ったかという話になった。だが、誰も覚えていなかった。

ただ、昭和20（1945）年に入学した姉だけは、粗末な紙に印刷され、製本もされていないものを折ったり切ったりして使ったことと、あちこちが墨で消されていて何が何だか意味がわからなかったことだけは覚えていた。

「『アカイ アカイ アサヒ アカイ』ではなかったの？」

と聞いたがやっぱり覚えていないと言う。

大正7（1918）年から昭和7（1932）年まで使用された第3期国定国語読本は、大正に入って生まれた人たちが習った教科書だ。

最初のページに出てくるのが「ハナ」で、「ハト　マメ　マス」「ミノ　カサ　カラカサ」と続く。漢字で書けば「花・鳩・豆・升・簑・傘・唐傘」となるが、単語の語呂合わせだけで脈絡がないようにも思えるが、そうでもなさそうだ。挿絵は、「升」に入っている餌の「豆」を「鳩」があげている絵で、「簑」「傘」「唐傘」は、雨の日の農家の人の絵が描かれている。このころは生徒に知っている花の名をあげさせ、絵を見ながら何をしているかを答えさせて、ことばを教えた。この時代は、「考えさせる教育」であった。

昭和8（1933）年から15（1940）年まで使用した第4期のものは、昭和の一ケタ生まれの人たちが習った教科書である。「サイタ　サイタ　サクラガ　サイタ」で始まるから「サクラ読本」と呼ばれる。絵がカラーになって文章も少し長くなるが、内容が大きく変わっている。視点が高く、文章が命令口調なっている。

サイタ　サイタ　サクラガ　サイタ（咲いた、咲いた、サクラが咲いた）
コイ　コイ　シロコイ（来い、来い、シロ（犬の名）来い）
ススメ　ススメ　ヘイタイ　ススメ（進め、進め、兵隊進め）
ヒノマルノハタ　バンザイ　バンザイ（日の丸の旗、万歳、万歳）

日本が侵略戦争に向けて体制を強化していた時代で、視線の先には「国」と「戦争」がある。日清戦争で戦死した日本陸軍兵士、木口小平を取り上げ、「木口小平は敵の弾にあたりましたが、死んでもラッパを口から離しませんでした」と賛美する。

アカイ　アカイ　アサヒ　アサヒ（赤い、赤い、朝日、朝日）
ヘイタイサン　ススメ　ススメ（兵隊さん進め進め）　チテ　チテ　タ……
ホンダサンガ、ラッパノヱヲ　カキマシタ（本田さんがラッパの絵を描きました）
ワタナベサンガ、グンカンノヱヲ　カキマシタ（渡辺さんが軍艦の絵を描きました）

昭和二ケタ生まれの人たちが使った教科書は「アサヒ読本」と呼ばれ、昭和16（1941）年から終戦まで使用した第5期のものである。日本が決戦態勢に入っていた時代で、忠君愛国、戦意高揚を図る内容となっている。姉が習ったのは、この教材ではなかったろうか。

昭和になって生まれた人たちは、学校に入るとすぐにこの教科書で教育され、生徒たちはひたすら暗誦させられた。だから、そ

のころに習った人は誰もがこの文章を諳（そら）んじる。考える教育ではなかった。教科書で学ばせられたのである。

姉が文章を覚えていないのは、そのような教育が終わった直後で、暗記させられることがなかったからだろう。ただ、そのころの混乱を少し覚えていたのだ。

墨で消された文章は、「兵隊さん進め」「日の丸の旗、バンザイ」「天皇陛下、バンザイ」などではなかったろうか。「ラッパの絵を描いた」「軍艦の絵を描いた」も消されていたのかもしれない。

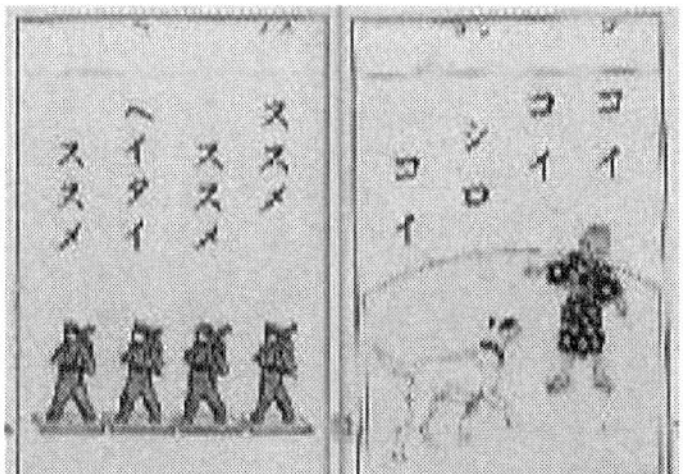


教育は、とても大切なことである。が、とても恐ろしいものでもある。

《機関紙『春の風』平成30年1月号》

# 昭和も遠くなりにけり

『明治は遠くなりにけり』が流行語になったのは、昭和43年、明治100年のときである。このことばは、中村草田男（なかむらくさたお・俳人）が詠んだ俳句から、季語である上句をとったものだ。

雪が降りしきるなか、20年ぶりに母校の小学校付近を歩いていた。母校は昔のままで変わっていない。当時を思い出していたそのとき、小学校から出てきた児童たちの服装を見てその変わりように驚く。そして、歳月の流れを感じ、明治の良き時代は遠くなったと感慨にふけった。そのときに、『降る雪や 明治は遠く なりにけり』の句が生まれた。昭和6年、彼が30歳のときである。

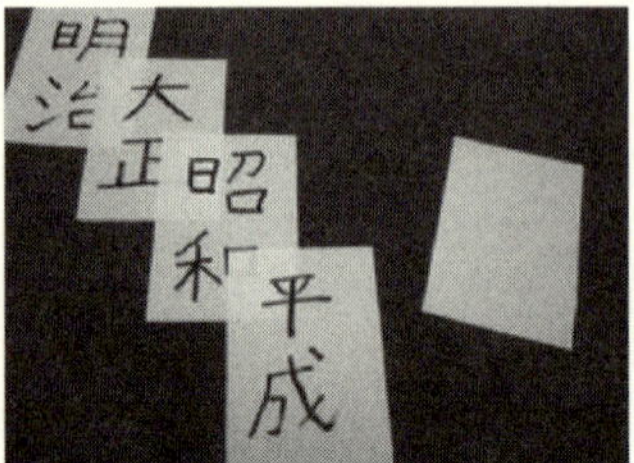


明治政府は、ヨーロッパ文明に追いつくことを国家の目標とし、政治、経済、文化、思

想などの改革を進めた。明治22（1889）年に大日本帝国憲法が発布され、翌年に国会が開設された。明治40年に義務教育が6年になり教育制度も確立していく。文明国家と富国強兵の「理想」と「夢」に沸き立っていたのが明治の時代であった。

時代は大正になり、日本は日露・第一次大戦の景気の波にのって経済的、国際的にも強国の道を歩む。その「豊かさ」を背景に、いわゆる「大正デモクラシー」と呼ばれる政治・社会・文化の各方面で自由と平等、豊かな暮らしを求める運動が活発になっていく。政治の世界では初の政党政権である原敬内閣が生まれ、芸術や文学、音楽や映画でも「大正文化」の花がひらく。

1901（明治34）年に生まれた草田男は、幼少期を明治の時代に過ごし、11歳から25歳までを大正の世で学んだ。彼は幼心に明治を感じ、多感な時期に大正を見てきた。

1925（大正14）年、松山から一家で東京に移転、4月に東京帝国大学文学部独文科に入学するが、翌年の12月に大正天皇が崩御し昭和となる。時代は、「強い明治」から「柔らかな大正」を経て昭和に入った。昭和2年、金融恐慌がおこり、都市に失業者があふれた。昭和3年の普通選挙で議席が伸びた無産政党や共産党への弾圧が始まり、軍縮条約に調印した浜口首相が右翼の青年に襲撃された。軍部の主導で日本は勢力圏を海外に拡大する道を進み、昭和6年、満州事変が勃発する。

明治、大正、昭和を生きてきた若き草田男にとっては、たった20年ぐらい前の「明治」をなつかしいと感じるほど時代の変遷が激しかったのだ。


今でも「昭和も遠くなった」と、たまに聞く。昭和18年生まれの私は戦後しか知らないが、それでも日本の高度経済成長期を経てバブル経済の終焉した昭和の終わり以前は、だいぶ遠くなったと感じる。戦中、戦前を知っている人ならなおさらであろう。

明治100年にこのことばが流行したとすれば、8年後の昭和100年にも『昭和も遠くなりにけり』が流行るかもしれない。

平成生まれが人口の4人に1人以上となっているその8年後は、どんな時代になっているのだろう。そのとき、昭和という時代がどう括られ、どう表現されるのだろう。間もなく30年の「平成」が終わる。

《盛岡タイムス『杜稜随想』平成30年1月26日》

# 形と機能

「形」と「機能」は表裏一体、切っても切れない関係にある。ある機能を果たすために形というものがあり、形が変わればその機能も変わる。

着物を縫うために針の形が生まれ、魚を釣るために釣り針の形になった。椅子が、ソファの形に変われればくつろげるようにもなる。人を乗せて道路を走る機能を発揮するために自動車の形が生まれ、飛行機は空を飛ぶために今のような形になった。車のない自動車や翼のない飛行機は生まれなかったのである。形と機能はそういう関係にある。その機能と形がうまくいったとき、「機能美」が発揮される。

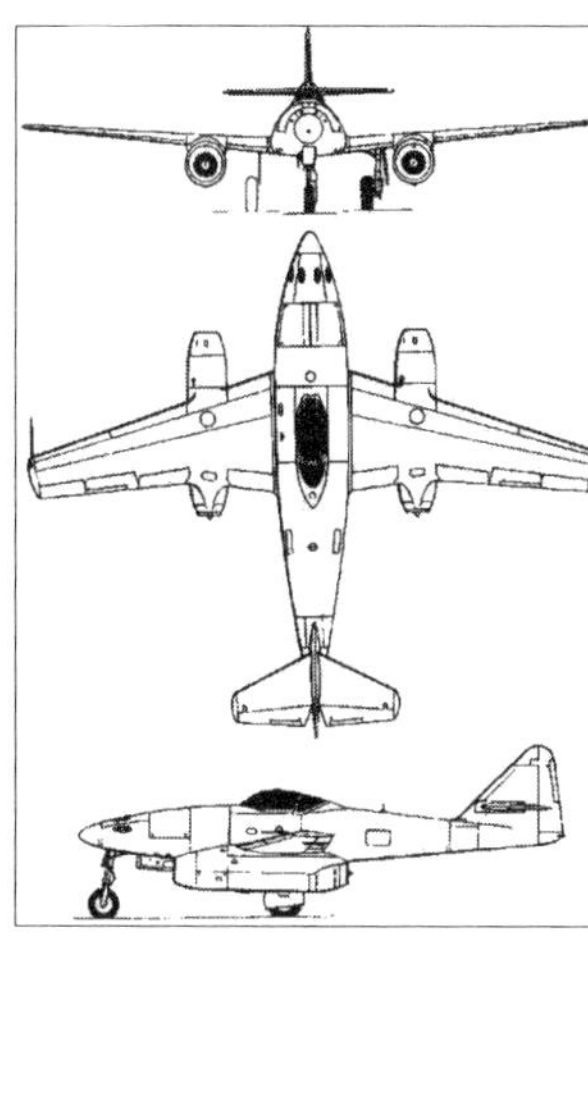

安倍晋三首相は、「憲法は、国の形と理想の姿を示す」と繰り返し、「そのために憲法9

条を変えなければならない」と言う。そもそも、憲法の制定者は国民であり、憲法99条で総理大臣と国務大臣に憲法尊重擁護義務を負わせている。改正の発議ができるのは国民＝国会議員だけである。内閣総理大臣自ら改憲の旗を振るのは憲法上問題がある。それはさておき、彼の言う「理想の国の形」とはどんなものなのだろう。

当然「形」が変わればその「機能」も変わるはずだ。特に憲法第9条の改定は、国の「機能」を大きく変える重大な意味を持つ。

先の大戦で、310万人以上の日本国民と2000万人以上のアジアの人々が犠牲になった。その反省から生まれた現憲法は、国民主権、戦争放棄・戦力不保持、基本的人権などを備えた理想の形であり、この憲法下で日本は「戦争をしない国」と世界に認められ、それなりに機能を発揮してきた。

だが、首相は、憲法9条を変えないと「理想の形」にならないと言うのだ。「自衛隊を憲法に書き込んでもなにも変わらない」と、いっときそう言っていた。であればなにも変える必要がない。そう言われることを避けたのか、今度は自衛隊違憲論を逆手にとって「憲法に自衛隊を書き込み、自衛隊員に誇りと自信をもって任務をまっとうできる環境にする」

と言い方を変えた。今すぐ自衛隊を解散しろと誰も言っていないし、警察官であれ消防署員であれ、憲法に書いてなくても誇りと自信をもって職務にあたっているではないか、そう言いたくもなる。

自衛隊と米軍が一体となって軍事行動がとれるように憲法解釈を変え、その法案も無理やり通してきた。自衛隊を「軍隊」にしようとすればするほど、ますます憲法との乖離が大きくなって窮屈になってきた。この窮屈さを取り払ってしまうことが、彼の「理想とする国」なのだ。国の形を変えるための憲法9条改訂は、防衛のためだと言おうが「戦争ができる機能」を備えた国にしようとすることである。

それは、どう使うかどうかは別にしても、車であれば戦車に、飛行機は戦闘機や爆撃機に変えるようなものだ。攻撃機能をもたせるためには装備を調えなければならない。そのため、武器購入や軍需産業の育成に莫大な税金を使うということにもなる。

国民の中にその機運が高まっているのだろうか。多くの人がそれを望んでいるのだろうか。私はそうは思わないし、望みもしない。

自動車も飛行機も、人が乗って移動できる機能を発揮してこそ価値がある。現憲法の下での国の形が、その「機能美」を発揮するようにすることこそ、大切なことではないのか。

《機関紙『春の風』平成30年3月号》

# 深海の大魚

『事実というのは、決して魚屋の店先にある魚のようなものではありません。むしろ、事実は広大な、ときには近寄ることもできない海の中を泳ぎまわっている魚のようなものです』と、イギリスの国際政治学者E・H・カーが『歴史とは何か』で述べている。

『歴史家が何を捕らえるかは、偶然にもよるが、多くは彼が海のどのあたりで釣りをするか、どんな釣り道具を使うかはもちろん、捕まえようとする魚の種類によって決定されるものです』

事実は偶然に見えることもあるが、むしろ、見えないことが多い。事実を見ようとするならば、探究心とそれなりの努力が必要だと続けている。

ことの発端は、小学校建設現場の柵に張っていたポスターであった。ポスターには鳥居の写真と教育勅語が書かれていた。それを見た豊中市議が違和感を覚え、誰がこの学校を建てようとしているか知りたくなった。

彼の釣り針に何かが触れたのだ。それが深海の大魚だとは知るよしもない。ただ、その魚が何であるか知りたくて、釣りを続けた。竿の「当たり」は今までとはちょっと違う。雑魚ではなさそうだ。この竿では引き上げられそうもない。道具を代え、応援を呼んで釣り上げてみた。釣ったその大魚とは、学校法人「森友学園」へ国有地が破格の値で売却された事実であった。

２０１７年2月9日の朝日新聞がこの疑惑を報じたが、まだその全容は分からなかった。調べるうちに、それは誰かの「意向」に沿ってなされ、何らかの「力」が働いている不明朗なプロセスが見えてきた。当時、防衛省や厚労省が資料を隠したりねつ造したりしていたことも明るみに出ていて、ますますその疑惑を深めた。政府はその「事実」を必死に隠そうとして、ついに、決裁文書を改ざんするまでになる。

E・H・カーが言うように、この「事実」は偶然見つかった。豊中市議がこのポスターを見過ごしていたら。生徒募集のポスターになぜ鳥居の写真と教育勅語があるのか疑問と違和感を覚えなかったら……。我々は今でもその魚が店先にある普通の魚だと思っていただろう。

もし、深海に恐ろしいこの大魚が泳いでいるのを知らないまま10年、20年後に歴史家がその事実を明らかにしたとしても、そのとき、我々は大いに悔やむことになる。

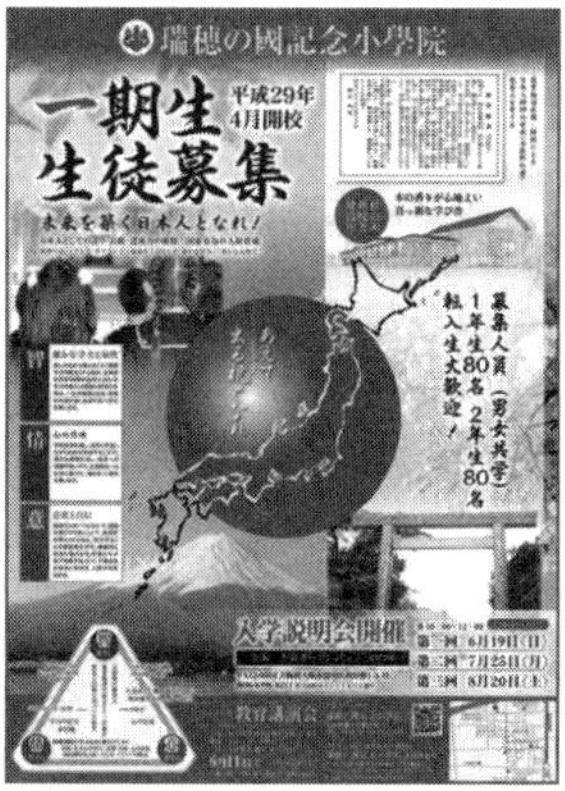


時の権力者が、戦時中の「大本営発表」のようにその事実を隠そうとやっきになった。口裏を合わせ、つじつま合わせの書類も作った。だが隠し通せなかった。そこには、情報公開制度も機能しただろうし、良識ある官僚の情報もあっただろう。資料の改ざんを命じられて苦しみ自殺するほど良識のある官僚もいたのだ。もちろん、国民のするどい疑惑の目が注がれたからでもある。

この問題は、はからずも、戦後の民主主義がしっかり根付いていることを知ることになり、皮肉にも、小手先でことを葬り去ろうとした現政権の危険な体質があぶり出されることにもなった。

今までも何匹かの大魚は釣り上げられた。深海には得体の知れない魚がまだ泳いでいるかもしれない。国民が常に釣糸を垂らしていれば、いずれその大魚も糸にかかるだろう。もう、そんな怪魚がいなければよいのだが。

《機関紙『春の風』平成30年4月号》

**エドワード・ハレット・カー**（Edward Hallett Carr）
（１８９２年６月28日～１９８２年11月３日）
イギリスの歴史家・政治学者・外交官。著書『歴史とは何か』で彼が述べた「歴史とは、現在と過去との絶え間ない対話である」というフレーズは、日本の戦後歴史学界でもよく知られ、引用頻度が高い。

# 葵の御紋

徳川将軍家に連なる尾張・紀州・水戸の徳川家を「御三家」と呼び、諸大名の中でも別格扱いされていた。そのひとつである水戸藩の第二代藩主が徳川光圀で、光圀が隠居後に諸国を漫遊して「世直し」をしたという物語が、時代劇「水戸黄門」である。

映画は１９１０（明治43）年から１９７８（昭和53）年までに80本ぐらいつくられた。テレビでは、１９５４（昭和29年）に始まり、再放送を繰り返しながら64年間も続く「国民的」番組となっている。配役も幾度となく変わり、２０１７（平成29）年には、光圀役を武田鉄矢が演じている。

物語は、行く先々で悪政を正す一行の活躍を描く。お供の役回りも面白いし、毎回趣向

をこらして飽きさせない。各国を巡るご当地番組でもある。

あらすじはいつも同じようなもので、昔、聞かされた「桃太郎」や「一寸法師」の鬼退治と同じで、勧善懲悪で簡単明瞭。それが安心して観ていられるところでもある。

越後のちりめん問屋に扮した光圀に、剣術の達人である佐々木助三郎（助さん）と柔術の渥美格之進（格さん）、そして、うっかり八兵衛がお供につく。一行を陰で追うのが、「くノ一・かげろうお銀」と「忍者・風車の弥七」である。

一行は漫遊で入った藩領で事件に巻き込まれ、その背景に藩政を牛耳る代官があるとにらむ。ご老公はその事情を弥七とお銀に探らせる。ふたりはあの手この手で悪代官と悪徳商人の悪行をあばき、証拠をつかむ。そのとき、必ずお銀の入浴シーンがでてくる。


成敗に向かう一行に役人たちが立ちはだかる。

「助さん、角さん。懲らしめてやりなさい」

とご老公。助さんと角さんの大立ち回りとなり、弥七とお銀もそれに加わる。

「もう、いいでしょう」と、ご老公の合図で、「しずまれぇ、しずまれぇ。……この紋所が目に入らぬか！」と、「印籠」のお出ましとなる。

権力と金にまみれた悪代官と強欲商人が完膚なきまでに成敗され、ご老公は善良な民に粋なはからいをする。「判官びいき」の日本人にはたまらない瞬間である。

「あの印籠がほしい！」

あるとき、そう叫んだ人がいた。政治の私物化や大企業の不正が報じられるたびに腹が立ち、じれったくなる。そんなときに、

「この紋所が、目に入らぬか！」

と言いたくなると言うのだ。

「そちらの悪行。この光圀、しかと見届けた。追って藩主より厳しき沙汰があるだろう。覚悟して待つがよい」

と、この一喝で解決するのなら、さぞ痛快であろう。

小気味よく成敗できるあの印籠が欲しくなる気持ちは分かるが、徳川家が日本を支配した時代の話である。「三つ葉葵の御紋」は将軍家と「御三家」だけに許された家紋で、印籠の

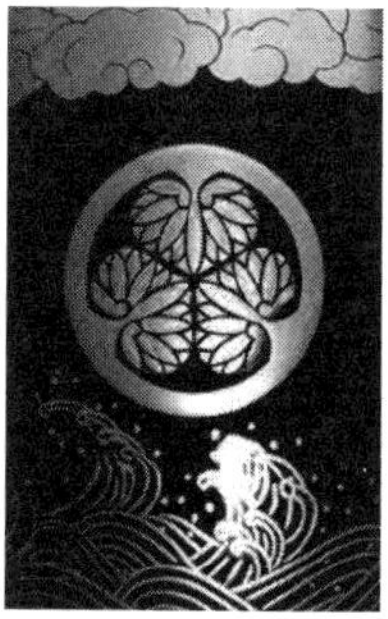

家紋を見た悪代官がひれ伏すほど権威のあるものだった。だから、将軍家か「御三家」の誰かが主人公でなければ、この物語は成り立たないのである。

大企業は献金という「賄賂」を使ってさらなる儲けを企む。この構図は悪代官と悪徳商人に似てなくもないが、権力の不正を権力で正すには、正す方の権力がその上でなければならない。残念だが、今は国を直接正せるような上位の権力はない。企業活動も基本的に自由だから、よほどのことがないかぎり国も口出しできない。捜査するにしてもやたらにできるわけではなく、人を罰するのもそれなりの手続きが必要だ。じれったく思うのは私とて同じである。

現代には、悪代官がひれ伏すほど権威のある「御紋」はあるのか。その紋が入った印籠を持っているのは誰か。

持っているとすれば、それは私たち一人ひとりである。国であれ大企業であれ、最後は国民の声がそれを正すのだから。

《機関紙『春の風』平成30年5月号》

# 放言・暴言・失言

アメリカのトランプ大統領がツイッターでつぶやき、それがニュースになる。日本の復興大臣が「(東日本大震災が)まだ東北で、あっちの方だったから良かった」と発言する。女性国会議員が車の中で「このハゲ〜!」と秘書を怒鳴っている。

国会で廃棄したと言っていた書類が出てくる。「言っていない」と言っていた発言記録が出てくる。今度はその文書が怪しいとか、書かれていることが正確でないと言う。ほかのことは記憶にないと言う割には、こういうことは良く覚えているのだ。

アメリカ大統領のそれは、他への影響を考えずに思ったまま口にする「放言」である。復興大臣のそれは「失言」だが、ののしり罵倒する女性議員のそれは「暴言」だ。

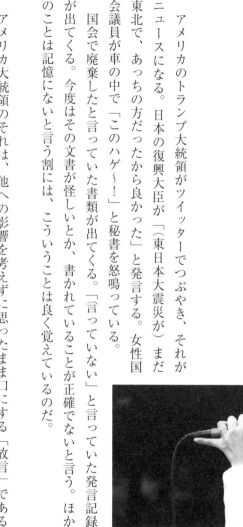

存在する書類を廃棄したと答えた防衛大臣は、それを知っていたとすれば嘘の「虚言」となる。

某学園の獣医学部新設は「総理の意向」によってすすめられ、政治の私物化ではないかと追及された首相が、「そのような意向は示していない。一点の曇りもない」と言い続けた。だが、後になって、自ら「速やかに全国展開をして1校でも2校でも開設を目指したい」と「総理のご意向」を示す。もっともらしく聞こえるが、私には意味が分からない「迷言」に聞こえる。

首相も官房長官も、「真摯（しんし）にていねいに説明して、国民の信頼回復に努力する」と言い、「沖縄県民に寄り添って」を枕詞のように使う。このままでは根拠もなくいい加減な「妄言」になってしまう。

不都合なこと、まちがったことをうっかり言ってしまうことが「失言」である。「うっかり」だから、配慮や思慮が足りなかったからである。「放言」も「迷言」もそうだが後先（あとさき）を考えずに口走ってしまうのは、その人の資質の問題である。「暴言」や「虚言」は意図的な攻撃と嘘やごまかしで、もう資質以前の問題だ。

ことば＝言霊である。新約聖書では「始めに言葉ありき」、創世は言葉（ロゴス）から始まったと言っている。ことばは、口先からのみ出るものではない。人間性から教養までが表れる根源的なものである。

ことばづかいだけで軽蔑されることだってあり、たったひとことで、人を傷つけたりもする。後で、訂正・取り消しをしたところで、それが本音だと見抜かれる。失った信頼を取り戻すのは、それを築く以上にむずかしいものである。

武士道は信義を重んじ、「武士に二言はない」とことばを大切にしてきた。先人は、「ことば多きは品（しな）少なし（易経）」と言い、「口は災いの元。三寸の舌に五尺の身を滅ぼす」ということわざもある。ことばが軽い人は信頼されない、ことばで身を滅ぼすことだってあると教えているのだ。

政治家は、特にことばを大切にしなければならない。私たちはそのことばを信用して政治を付託したからである。

《機関紙『春の風』平成29年8月号》

# 笑う政治家

ひとり暮らしの私が、家の中で声を出して笑うことはまずない。家ではもちろん、外でも愉快に笑うことがめっきり少なくなった。仲間と、たわいのない話や面白い話で大笑いしたのは、だいぶ前のような気がする。

テレビのバラエティ番組で、進行役の軽妙な受け答えにスタジオが爆笑しているのを見てつい笑いそうになるが、ひとりでは笑えないものである。

笑いには大きく分けて2種類ある。本物の笑いとそうでない笑いだ。

本物の笑いは面白おかしく愉快で楽しい笑いで、大笑い・高笑い・爆笑・大爆笑などと言う。面白くも愉快でもないのに笑うのが、苦笑い・失笑・鼻で笑う・せせら笑い・含

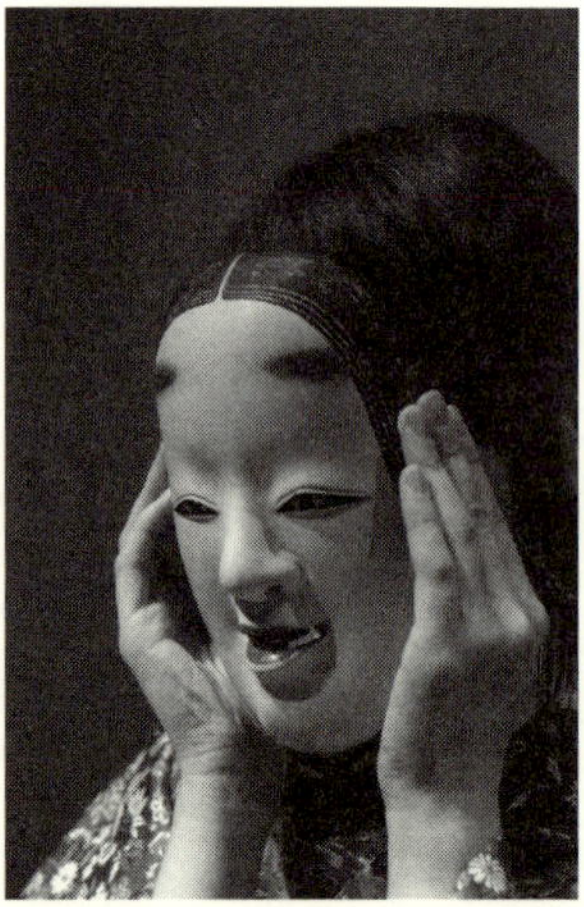

み笑いなどの愛想笑いだ。

政治家の笑いは、国会中継や取材の映像でよく見かける。「森友学園」への土地売却問題で、財務省の記録に総理夫人の名が出ていた。学校の名誉職に就いていた夫人の関与を委員会で問われた総理がこう答えた。

「私の妻が関わっていないことが、これがはっきり示している」

質問を理解していないか、答弁メモの箇所を読み違えたのか。「名前が出ているだけだ」と言いたかったのか。屁理屈の迷答弁に、「失笑」がもれた。

失笑とは、おかしさをこらえることができずつい吹き出してしまうことである。本人は真顔を装ったが、隣の某大臣が腕組みをしたまま笑みを浮かべている。これは、失笑を取り繕う「苦笑い」であろう。席に戻った総理とヒソヒソと会話を交わし、意味ありげに笑う。これが「含み笑い」だ。

その大臣が記者の取材に対して、逆に質問をしたり問い詰めたりする。その時の表情は「せせら笑い」のように見える。その勝ち誇った物言いがひんしゅくを買って言い直したり撤回したり、ついには謝罪するはめになる。

某官房長官はめったに笑わないが、切って捨てるように単語を三つ四つ並べたあとの顔は、「鼻で笑う」表情に見えてしようがない。

彼らは余裕を見せようと「作り笑い」をしたり、あえて無表情を装ったりするから顔つきが不自然になる。それで「笑い」の種類が分かってしまうのだ。

子供たちがテレビの前で笑い転げ、若い娘たちが声をあげて一斉に笑う。年齢が若いほど何で笑っているかが分からなくても、ついつられて「貰い笑い」をしてしまうそうだ。だが、歳を重ねるとそうはならない。分別がついて、いったん自分なりに考えるからである。その後に納得して「大笑い」になったり「ニヤリ」になったりする。だから、たまに、回りが笑っているのになんでおかしいのか理解できずに、キョトンとすることもある。

笑いは、社会におけるコミュニケーションの大事なツールで、ひとりで笑うものではない。「微笑み」や「思い出し笑い」なら様（さま）にもなるが、ひとりで「ゲラゲラ」や「ニタニタ」と笑っているのは異様である。

笑いほど、脳と体に良いものはない。気難しくなって笑うことが少なくなった我ら高齢者には、「笑い」は貴重である。一緒に笑えば気分が爽快になり、仲間の絆がより強まる。

だが、それは本物の笑いであって相手がいればこそである。

他人の「笑い」を見てあれこれ言っても詮ないことだが、どうせ見るなら質の良い笑いがよい。笑うなら、本物の笑いがよい。そんな機会がもっと欲しいものである。

私が腹を抱えて笑った「本物の笑い」は、いつ、どこで、誰と、だったろうか。

《機関誌『春の風』平成30年7月号》

# 木に竹を接ぐ

接ぎ木は、紀元前から行われてきた農業技術で、日本には推古天皇（554~628）のころ中国から伝わった。

種（たね）から育てることが難しい品種や貴重な種を増やすために、強い「台木」に「接ぎ穂」を接いで育てる技術で、この方が早くて確実、そして育てやすい。野菜にも応用され、盆栽を育てるときにもよく使われる。

『木に竹を接ぐ』とは、木に竹を接ぎ木してもなじまないことから、前後のつじつまが合わないこと、筋が通らないこと、つり合いのとれないことをたとえて言う。

政府は、新たなミサイル防衛システムとして、地上配備型のイージス・アショアの導入を閣議決定した。取得費用は1基あたりおよそ1202億円、2基導入が計画されている。これに一発いくらかのミサイルと運用費がさらに加わる。F35ステルス戦闘機は関連装備を含めると1機200億円にもなるが、それをこれから100機以上買うそうだ。すべてがアメリカの言い値だという。護衛艦「いずも」を空母化する改修費用は、4～5000億円はかかると言われ、沖縄の辺野古基地建設には、総工費2兆5500億円以上になると沖縄県は試算している。これらの金額にも驚くが、支払いは全て国民の税金であることがまた恐ろしい。

みな、変な理屈がついている。ミサイルは防衛のためで攻撃用ではない。攻撃はしないから戦闘機ではない。多目的だから「空母」じゃない。基地を返してもらうためには基地を造ってあげなければならない。

平和憲法が発布されて70年余。近年、これになじまない法律がつくられ、憲法理念の解釈をねじ曲げて戦争のできる法案も数の力で通してきた。目に見えて国の形が変わっていく。そして、税金は上げて福祉は切り下げ、防衛予算は突出する。つじつまの合わないような口実で、つり合わないようなお金が使われようとしている。

私には、それが国という「台木」にいくつもの「接ぎ穂」が突き刺さっているように見える。柔らかい台木に刺っているのは、異質な竹の接ぎ穂である。その接ぎ方も乱暴で痛々しい。それが、本当に育てなければならない貴重な接ぎ穂なのか。

この接ぎ穂、はたして育つだろうか。

接ぎ木には、台木と接ぎ穂の相性が大事である。これを誤ると、とんでもないものができたり、台木そのものを枯らしたりする。おおかたは異質な接ぎ穂の方が育たないものだが、相性がよければ話は別だ。

今、政権は、「接ぎ穂」を育てるために、「台木」そのものを変えようとしている。

《機関紙『春の風』平成31年1月号》

# 殺し文句

「殺し文句」とは、相手の気持ちを強くひきつける巧みなことばで、男女間で用いたのが始まり、と辞書にある。

このような文句は、キャッチコピーによくある。ちょっと古いが、「男はだまって○○ビール」というのもあった。「恋が着せ、愛が脱がせる」というデパートのものや、「はがき4枚にあなたの命を乗せている」というタイヤメーカーのものもあった。いちど聞いたら忘れないフレーズだ。「お口の恋人」や「スカッとさわやか」、「ココロも満タンに」と聞けば何の宣伝かすぐわかる。

月影の浜辺を男女が歩いている。潮が満ちて、海の音が高くなってきた。

「あんなに遠くにある月が、海を動かし渚に波を誘うんですね」

と男が言う。そして、つぶやく。

「こんな近くにいるあなたが、わたしの心を誘うのは当然ですね」

キザな口説き文句だが、ムードあるこんな舞台で言われたら、女性は悪い気はしないだろう。「何言っているの。月とわたしは関係ないわ」と返ってきたら空振りだが、もし、「いつまで他人でいるの？」と返ってきたら、これぞ男の「殺し文句」だ。

相手に「二の句」をつげさせないことばも、殺し文句と言えるだろう。

こんな話を何かで読んだことがある。ある会社のセールスマンが自社製品を買ってくれとやってきた。製品がどれだけ役に立つかいろいろ説明する。「なるほど。なるほど」と聞いていたが、要らないと断わった。「こんないい製品をなぜ買ってくれないんですか」と不満そうなセールスマンに、その人は言った。

「おたくの社長の顔が嫌いだからさ」

目を丸くして黙ってしまうセールスマンの顔が浮かんでくる。


かつて、イギリスのチャーチル首相が、発表された統計や数字は都合よく作られていて信用できないと言いたくて、「統計というものはビキニの水着だよ」と言ったことがあるそうだ。さらけ出しているようで肝心なところは隠していると。これも語意からすれば「殺し文句」の範疇（はんちゅう）にはいるだろう。

最近の「統計不正問題」をテレビでみたり聞いたりしていると、このたとえは巧みに言いあてていると思うが、もっとも、日本の国会でこんな発言をしたら、ひんしゅくを買って袋たたきに合うのは目に見えている。

国会での質疑のもようを見ていると、しょっちゅう出てくる文句がある。

「大臣。この問題についてはイエスですかノーですか？」「総理。あなたの沖縄県民に寄り添うというのは、どういうことですか。簡潔にお示しください」

こんなたぐいの質問に対しての答弁である。テレビで見ている我々は、どう答えるのか興味を持って答弁を待つ。だが、答弁者は「そのご質問にお答えする前に……」と前置きをした後で、言語明瞭・意味不明瞭。イエスでもノーでもなく、簡潔でもない答弁を長々とする。質問者が「答えていない」と抗議してもそしらぬ顔だ。

結局、討論の焦点をぼかし、質問をウヤムヤにしてしまう。これも政治家の「能力」なのか。見ている方は、長い答弁に付き合わされたあげく消化不良におちいる。未だかつて即座に応え、簡潔な答弁を聞いたことがない。

この「そのご質問にお答えする前に……」がくせ者である。

「殺し文句」もいろいろあるが、質問者のことばを無視し、質問を殺してしまう本当の「殺し文句」がこれだ。

《機関紙『春の風』令和1年5月号》

# Ⅶ 君の名は（人生）

Photo by agohige.hiro

# 贈ることば

「成人の日」の新聞に、前日の日曜日、岩手県内22市町村で行われた成人式のもようが報じられ、成人になった若者のはじけるような笑顔が並んでいた。

その日の紙面に、大きなスペースを割いて各界の諸先輩が『新成人に贈ることば』を添えた名刺広告が載った。その贈ることばのキーワードを拾ってみた。「夢」「志」「未来」や、「責任感」「努力」「創造」などが目につき、「思いやり」「決断」「勇気」というのもあった。

拾ったキーワードの「夢」「志」「未来」などは、どんな時代でも必要なことで若者の特権と言ってよいが、今は「夢」を描き「志」をたてても、それを実現できる「未来」が見えない。そう彼らに言われそうである。

新成人はすでに社会人として働き、家庭を持つ者もいる。学生でもアルバイトで生活費や学費を稼ぐ者がほとんどである。「責任感」「努力」と言われても、すでに身に染みて感じていることで、なにを今さらとも言われかねない。「創造」や「思いやり」は、もう少し若いころに養われるような気がする。


私が成人になったのは1963（昭和38）年で、もう50数年前のことである。そのころは、どんな年でどんな時代だったのだろうか。

その前年に、東京都が世界初の1000万都市になり、テレビ受信契約もそれを越えている。日本初の自動車専用道路・首都高速1号線（京橋〜芝浦間）が開通し、戦後初の国産飛行機・YS－11が試験飛行に成功している。日本経済が戦後の復興をはたし、力強く成長し始めていた。深刻になった住宅難の解消のため、団地造成が始まり、翌年になると、第一次マンションブームが到来する。多くの人材を求めて「青田刈り」が始まったのもこのころである。

歌は、「遠くへ行きたい」（ジェリー藤尾）・「若いふたり」（北原謙二）・「いつでも夢を」（橋幸夫・吉永小百合）が流行り、日本中に三波春夫の「東京五輪音頭」が流れた。堀江謙一青年がヨットで太平洋単独横断に成功して、若者の夢と冒険心が膨らみ、前途洋々と思われた時代であった。

たぶん、私のときも同じように諸先輩のことばが紙面に載ったことだろう。だが、読んだ記憶がないから、先輩たちがどんな言葉を贈ったかは知らない。ただ、今読むと「贈ることば」は、私のころにこそふさわしいものだったような気がする。

これればかりは、生まれた時代の巡り合わせだからどうしようもないが、あのころだったら「夢」「志」も持てたし、「努力」すれば明るい「未来」だって描けたのではないか。私は都合で式に参加できなかったから成人の自覚も感慨もなかった。「未来」を見すえた「夢」も「志」もないまま成人になり、どちらかと言えば成り行きのまま生きてきた。50数年前の成人式の日に、先輩のことばを読んでいたなら私の人生も少しは変わっていたかもしれない。

では、今にふさわしい贈ることばとは。そう問われてもあまり思いつかないが、先輩面して言えば、池田晶子（哲学者・文筆家）のことばが思い当たる。彼女は『悩むな。考えろ』と言い、『人は悩んでいる割に考えていない。考えている割に決断をしない』と言っている。悩みの多い今の時代であるからこそ、「考える力」と「決断」する「勇気」。それが、今、私が新成人に贈ることばである。

《松園新聞『1000字の散歩31』平成29年2月号》

# 暇、ある?

「○○日、暇?」とか「○○日の午後2時ごろ暇ですか?」と聞かれるようになった。

以前は、「予定はありますか?」とか「スケジュールは?」と聞かれていた気がするが、今は祝祭日に関係なく、「暇ですか?」と言ってくる。

仕事の第一線を辞し、閑職になって1年が経つ。それを知っている人たちは、私が暇をもてあましていると思っているようだ。たしかに、手帳に書いた予定は少なくなったが、暇をもてあますようなことはない。

相手が親しい友人ならだいたいは飲みの誘いだと察しがつくが、めったに会うことのな

い人だと用件は何だろうと考えながら手帳をめくる。何も書いてなければ、「今のところ、予定は入っていないけど……」と答えてしまう。すると、「ああ。よかった。実は頼みがあるんですが、会えますか？」と聞いてくる。「要件は？」と尋ねても、「電話ではなんですから、会ったときに……」と言う。

こんなときの頼みとはろくな頼みではない。一瞬そう思っても「空いている」と返事した手前、断れないものである。約束をした後、頼み事とは何だろうかとあれこれ予想するが、考えつくことは嫌なことばかりだ。

「会いたい」と言ってきて、「いつですか？」と聞いても、「こっちはいつでも。そちらの空いているときに合わせます」と言われるのも同じで、後出しジャンケンのような気がしてどうもスッキリしない。相手にとっては、会いたければこうしか言いようがないのだろうが、こちらは断りようがない聞き方だ。

のっけから悪態をついているようだが、電話の主が悪いのではない。私が「暇」ということばに引っかかっているからで、八つ当たりのようなものだ。

私は、長い会社勤めで、「暇」にずっと「負」のイメージを持っていた。忙しくて時間が取れないという社員に、「時間は作るもの」とか「見つけるもの」と言ってきた。逆に、暇だという人は時間をもてあまし、暇つぶしをしている人で、どこかで気の毒な人と思ってもいた。退職した先輩が、「毎日が日曜日で……」と言っているのを聞いて、自分はそうなりたくないとも思っていたものだ。だが、誤解をしていたようだ。生活にメリハリをつけるには「暇」は絶対必要だと思うようになったのである。

寝る暇も、新聞を読む暇も削らなければならないほど毎日が多忙だと、ゆとりがなくて息が詰まってしまう。かといって、「暇」がたくさんあってそれをもてあまし、いつも手持ち無沙汰というのも生活が空虚になる。「暇にまかせて（飽かせて）」、「暇つぶし」にでも、何かをしようとする方がまだ積極的である。

いくらか暇ができて、その大切さを知ったのだから皮肉なものである。

今、適当な「暇」があることが嬉しい。複数の団体の役員や文章教室の講師役、原稿の執筆やらの「仕事」があり、本や新聞をしっかり読み、録画した好きな映画を観ることができる「暇」もある。そのバランスがいいあんばいにとれていて、そのどちらにもそれなりの満足感がある。暇な時間が少ない人は、多い人より不幸ではないか。そう思うようにさえなった。

だから、「暇、ある？」と聞かれて引っかかるのは、貴重な時間だと思っている自分の「暇」が、どうも相手は「もてあましている暇」か「暇つぶし」程度の暇だと思っているような気がするからである。

これからは、「暇、ある？」と聞かれたら、「あなたのために、つくろうと思えばつくれます」と応えるのは嫌みになるからやめるが、私が問うときは「貴重な時間を割いてくれますか？」と、ていねいに聞こうと思っている。

《松園新聞『1000字の散歩51』平成30年10月号》

# 君の名は

命名　蓮《れん》

電話で名前を聞かれ、どう書くのか問われることがある。そんなときには、こう答えている。

野中は、野原の「ノ」に真ん中の「ナカ」、康行は、健康の「コウ」に行ったり来たりの「ユク」ですと。「けんこうのコウ?」と、相手が思いつかないようであれば、徳川家康の「ヤス」と言い変える。

こちらから尋ねることもよくある。現職時代は、交通事故の報告を頻繁に受け付けた。ケガ人が出れば、病院への手配をしなければならないから負傷者の名を詳しく聞くことになる。電話の相手は気が動転していてうまく話せない。「人偏に、○○に似た字を書きます」とか、「なんと言ったらよいか……」と要領を得ないこともしょっちゅうだった。

自分の名前でも、どういう字を書くのかうまく伝えられない人もいるから、人の名を聞

き取ることはなかなか難しいものである。

　２０１７年の命名ランキング（株式会社赤ちゃん本舗調べ）では、男の子の上位は、蓮（れん）・悠真（ゆうま）・湊（みなと）・大翔（ひろと）・悠人（ゆうと）。女の子は、結衣（ゆい）・陽葵（ひまわり）・凜（りん）・咲良（さくら）・結菜（ゆうな）なそうだ。個性的ではあるが、ランキング上位ともなればもうありふれた名前なのだろう。

　聞かれてもどう説明したらよいかと、とまどう漢字がある。悠真の「悠」は、「悠々自適」の「ユウ」で伝わるかもしれない。大翔の、「ひろ」は大・小の「ダイ」だが、「と」は「飛翔のショウ」と言って分かるだろうか。今だったら、大リーグ・エンゼルスの大谷翔平選手の「ショウ」と言った方が分かりやすいかもしれない。「凜」は、「凜としての、リン」と言うぐらいしか思いつかない。「ニスイのリン」ではかえって分からなくなる。

　人名漢字は、常用漢字２１３６字より多い３０００字近くある。凝った名前を付ける傾向が続いているから、難読の名もふえて口頭で説明するのがますます難しくなっている。

　親は、願いや思いを託して子に名前を付ける。名前の人に与える影響について、大学や心理学者の調査研究の結果は、「人生にかなりの影響を与える」である。

まず、名前が初対面の相手に与える心理的影響だ。名前の意味や語感によって好感度や魅力度に差が生じ、記憶に残る深度が違ってくる。姓が思い出せなくても名前だけは覚えているということはよくあることで、他人の記憶に残ることだけでも有利である。

さらに、本人に与える影響が大きい。名前の持ち主は、生まれてからずっとその名で呼ばれ、自分は生涯その名を名乗る。幼いころに名前に込められた意味を教わると、それが潜在意識となって常に今の自分と名前を照らし合わせ、無意識に名前に近づこうとするのだそうだ。同時に「名前を汚す」「名が泣く」と言われないよう自制心も生まれ育つという。「名は体を表す」というが、人は、名のように育つと言ってよいかもしれない。

名前は親からの最初で最大のプレゼントである。悠真（ゆうま）君の両親は、限りなく真（まこと）を貫く人、広い心を持ったまじめな人間になってほしいと名付け、咲良（さ

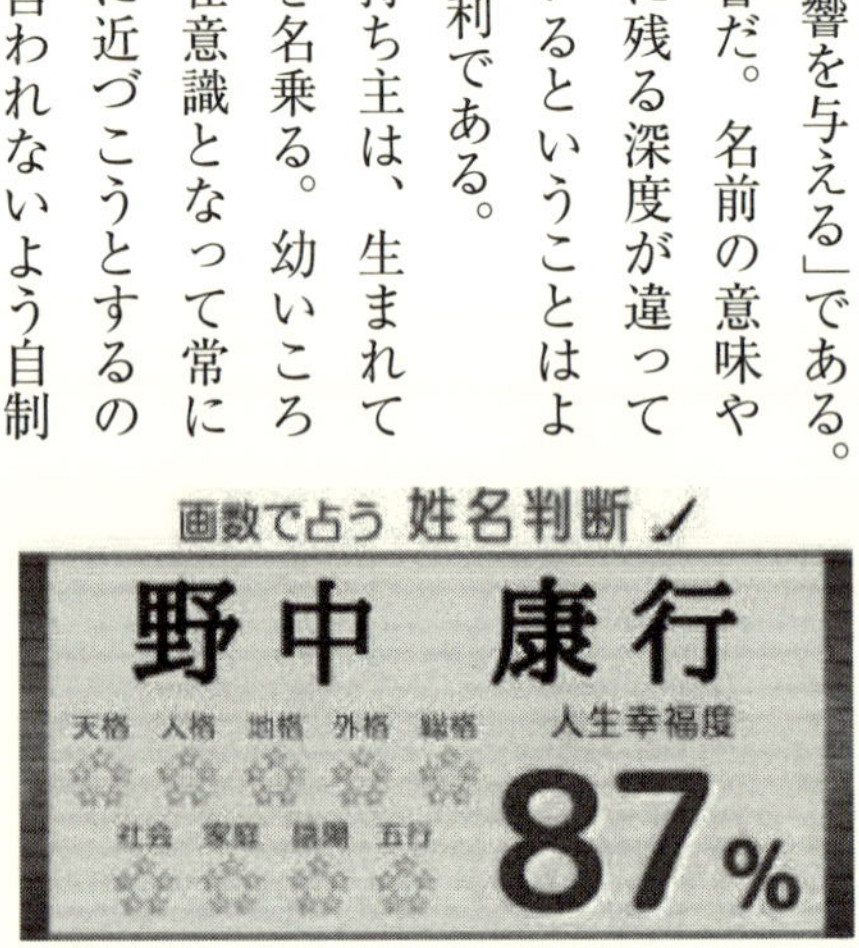

くら）ちゃんは、きれいに花開く人生を送ってほしいと名付けられたにちがいない。
親は思いを込めて命名するのは当然として、その思いをしっかり伝えておくことはより大切ことである。そうすれば、子はその願い通りに育ち、自分の名前に誇りと自信をもって生きていくはずである。少々難しい名前でも、他人にもわかりやすく説明する術（すべ）を自ら考え出すものである。名前負けしていると冷やかされることがあったとしても、それも愛嬌、それが人柄となって名前に負けないよう努力することであろう。

私の娘は「友恵」と名付けて、「友だちに恵まれるように」と幼いころからそう教えていた。娘は問われると、「友だちに恵まれる、と書きます」と今でも答えている。
私の名を、両親がどんな思いで付けてくれたのかは聞きそびれたが、「すこやかに育って欲しい」と思ってのことだろう。だとすれば、今のところはまあ健康だから、私の「名」は、「体」を表しているとは言えそうである。

《機関紙『春の風』平成30年8月号》

# 父の「終活」

この4年ばかりの間に書いた文章が100編ほどになったので、本にまとめようと、知り合いの出版社に持ち込んだ。原稿を読んだ出版社の社長が、コンセプトは「今ブームの『終活』ですね」と言って本の題名もそれらしいものをいくつか考えてくれた。そんな気で書いてはいなかったから驚いた。

「終活」とは7年前に週刊誌が使い始めた造語で、残りの人生をよりよく生きるため、葬儀やお墓、遺産相続や遺言などを元気なうちに考えて準備することのようである。書店には関連書籍が並び、セミナーが大流行だ。

今、70歳以上が、人口の19％を占め（平成27年）、あと1、2年で「団塊の世代」がこれに加わる。全世帯の43％に65歳以上の高齢者がいて、その過半数が1人か夫婦世帯である。独立して生活している子どもたちに、迷惑をかけたくないとの親心からその準備をするのならいいのだが、この「終活」ブームは、暗に誰もそうしなければならない、と高齢者をあおっているような気がしないでもない。「残りの人生をよりよく生きるため」なら、もっと別なことがあるような気もする。

確かに、子どもたちが困らないようにことこまかに書き残しておくことは、それはそれで大切なことである。だが、遺産分割について自分の意思を示しておいたとしても、子どもたちがそれで納得するとは限らないし、それでトラブルになった話もよく聞く。ひとりの人生が事務的にさっぱりと片づくのも、どこか寂しい。

12年前に母が亡くなった後、ずっと一人暮らしだった父が、今年6月、102歳と10か月で逝った。数年前から、「田んぼや畑をどうして欲しいか、言っておいた方がいいよ」と父に言っていたが、いつも「話し合って、うまくやってくれ」と言うだけだった。「長生きも良いことばかりではない。人さまに迷惑をかけるだけだ」

と、口癖のように言っていた父である。生きているだけで迷惑をかけているのに、その後のことをあれこれ言ったところで、いずれ始末してくれるのは子どもたちだ。たぶん、そう思って何も言わなかったのだろう。

「世話になった人たちによろしく伝えてくれ。後は、みんなで相談してな……」

姉弟が集まるたびにそう言って、権利書や銀行印のありかを示した。そんな話はまだ先のことだと素っ気ない返事をしていたが、それが父の「終活」だったのだ。

遺言書や「エンディングノート」に事細かに書いておくことも大事だろう。だが、その前に、世話になった人たちに謝意を伝え、後の始末をしてくれる子どもらを信頼して絆を深めておく。そんな晩年を過ごすことが、より大切な「終活」ではないのか。父を見ていてそう思う。

無意識で書いていた文章であるが、なるほど自分の齢を意識した文章がけっこうある。

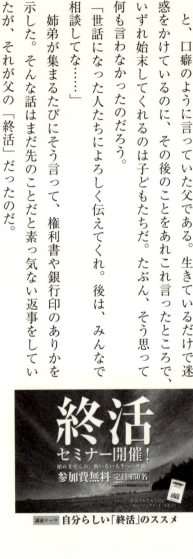

くだんの社長は、それを「終活」の段階に足を踏み入れた私が、それを模索していると読んだのだ。たしかに73歳ともなれば、その段階に入ってはいるのだろう。だが、「終活」のことばに抵抗があるし、まだまだやりたいことがある。というより、まだ考えたくないと言った方が当たっているかもしれない。

もう少し待ってくれよ。そう言いたくなって、提案のタイトルは採用しなかった。

《機関誌『春の風』平成28年11月号》

# 恩師と国蝶

Ｉ先生が入院されたと聞いて見舞いに行った。あいにく家族の方が不在で、先生は眠っていた。躊躇していると、看護師さんが先生の耳元に声をかけ起こしてくれ、短い会話を交わすことができた。ベッドに下げられた名札に、89歳10か月とあった。

それから半月後の、平成28年10月末に再度訪問したが、おだやかに眠っていた。その時も家族は不在で、すぐに帰って来た。

先生は、統廃合でなくなった志和中学校（紫波町）で学んだときの恩師で、当時は30歳ぐらいであったろうか。ときには怖い先生であったが、いっしょに学んだ上級生のような先生でもあった。受け持ちは「理科」で、授業ではチョウや植物の話をいつも熱っぽく語った。

【国蝶のオオムラサキ】

めずらしい植物を見つけると生徒を山裾まで連れて行き、珍しい蝶がいたと生徒が告げると、探しに山にも入った。それが「オオムラサキ」や「スミナガシ」だった。これらの蝶はどうやら山裾の林の中で育つようで、田んぼのなかの我が家付近では見ることはなかった。先生からオオムラサキの幼虫を見せてもらったこともある。捕ってきた成虫の標本も自慢げに見せてもくれた。その「オオムラサキ」が国蝶に指定されたと教えてくれたのも先生だった。授業で興奮気味にそれを話した。指定は１９５７（昭和32）年だから、私が中学3年のときである。

私が社会人になり県外に転勤になったが、先生はバイクで生家の両親に会いに来て話し込んで行き、私も帰省の折には先生宅を訪ねた。手紙のやりとりは30年続いた。郷里に戻った平成8年には教員を退職されていたが、会うと、昔の授業のように今を語った。「チョウノスケ草」が咲いているから見に来いと先生から知らされ、新聞記者と見に行ったことがある。チョウノスケ草は、須川長之助（紫波町の名誉町民）が見つけた高山植物の新種で、見つけた氏の功績を称えて牧野富太郎博士が命名した。

先生は、「須川長之助顕彰会」の会長を務めていた。そのころ、植物の調査、町の文化財の調査、南部曲屋の保存などに取り組んでいたが、その後、旧志和村の地名と屋号の調査を行っている。

旧家が取り壊されると聞けば、その家にバイクを走らせた。たくさんあった古文書が捨てられたと聞いて、なんども悔しい思いをしたからだという。

ある古民家から200年前の「道中記」を見つけた。山王海下ノ屋敷・源之助が、文化7（1810）年12月15日に出立し、100日余の善光寺参りの詳細を記録したものであった。それを歴史研究家・古文書解読家の助けを借りて、平成10年『道中記・覚』（水分公民館刊）として発刊した。

あれも調べたい、あそこにも行きたい。だが、バイクは危険だからやめるようにと周囲から言われているし、体がついていかない。そう嘆いていたのは1年ほど前のことだった。

【チョウノスケ草】

【スミナガシ】

まだ入院中だろうか。もう退院したかもしれない。と気にはなっていた。もう一度病院に行ってみよう、行かなくては、と思っていた矢先の11月末、1枚のハガキが届いた。その喪中ハガキには、『11月19日に永眠しました』と記されていた。
先生に学んだころの私は、植物にもチョウにもあまり興味がなかった。どんな教科書で何を学んだかもまったく覚えていない。だが、先生は生涯、私の先生であった。

《松園新聞『1000字の散歩30』平成29年1月号》

# その夜の月は、半月かい？

作家・及川和男氏が平成31年3月10日逝った。葬儀の14日、その日の盛岡は大雪で一関のお寺まで車で2時間もかかったが、11時の開式には間に合った。本堂で待つ間に、今日の天気を「彼が泣いている」と参列者の誰かが話しているのを聞いた。

氏が銀行に勤めていたころから名前だけは知っていた。会って話すようになったのは15年以上も前、文芸誌『北の文学』に携わるようになってからである。小説を書く方ではなく、もっぱら合評会の「世話役」としてだった。

合評会は、発刊の1・2か月後に開催していたが、編集委員3人の日程が合うことはなかなかなかった。だが、氏はいつもスケジュールを調整して参加していただき、欠席した記憶はない。いつもていねいに批評され、新しい書き手を励ましていた。

会の後も楽しみにしていたようで、懇親会に欠席することもまずなかった。合評会では真顔で、評はどちらかと言えば辛口であったが懇親会での顔はいつもにこやかで楽しそうだった。早々に焼酎のお湯割に切り替えて、寄ってくる書き手の質問にていねいに答えていた。たまに懇親会を設定していないときは、「なーんだ。今日はないのか」と、がっかりしたようすで帰っていった。


みんなに、「書き続けて欲しい」と口癖のように言っていた。

「書いてくださいよ」と、私もたびたび言われた。そのことばにほだされて、書いてみた作品が運よく入選作（第59号）となった。評は惨憺たるものだったが、氏だけは少し褒めてくれた。たぶん、「書け、書け」と勧めた手前の温情であったと思っている。

作品は、志和の水争いを若者の視点から書いたもので、明治33年旧暦5月24日から4日間ぐらいの物語である。その文中に「見上げる山の上に半月があった」と書いた。

「その夜の月は、本当に半月だったのかい？」

氏の問いに何も答えられなかった。

「ちょっとの間違いが作品をだめにすることがある。細部まで気を配って書くように」と、注意された。50枚の作品中に月が出てくるのはこのくだりだけで、たった14文字である。ただその情景を思い描いて書いてしまったからだが、言われてみれば旧暦5月末だから新月に近いのだ。自分のうかつさも恥じたが、そこまで読み込んでくれていたことに驚き、嬉しくもあった。

たまに仲間と飲んだときこの話が出てくる。「あれは、やられたね」と、私を慰めるように言いながらも「でも、そうなんだよな……」と、自分に言い聞かせているような口ぶりになる。誘って初めて参加した友人は、「小説を書くときの心構えを教えられた気がする」とも言う。

私が氏の作品を読んだのは、たぶん、「深き流れとなりて」（1975年・新日本出版社・第7回多喜二・百合子賞受賞）が最初で、次が「村長ありき」（1984年・新潮社）だったろうか。文章の緻密さと調査の徹底ぶりに辟易しながらも読み通して満足のため息をついたものだ。「米に生きた男」（1993年・筑波書房）もそうだった。

葬儀のあと、長男の喪主が挨拶で言った。

「父は、とにかく真面目でていねいで、何ごとにも手の抜かない人でした。悔いなく生きたと思います」

真面目さとていねいさは作品にも出ているが、それは私生活でもそうだったようだ。

2015年の春、氏のエッセー集「心の鐘・文学の情景」（岩手日日新聞社）を贈っていただいた。表題は、「人は誰でも心に鐘をもっている。心が揺さぶられるのは、その鐘が打たれたからだ」との記述からとったものだ。

その本でのなかで、「井上ひさしの作文教室」の最後の講座で、井上氏が「恩返しの代わりに『恩送り』をしたい」と述べた話を紹介している。その人に直接恩返しすることができなくても、恩を送ることはできると。この「恩送り」の話も、酒席でたびたび聞いた。

氏から受けた恩を、こんどは我々が「恩送り」をしなければならない。

《文芸誌『北の文学』第78号　令和1年5月》

**及川 和男**（おいかわ かずお・１９３３年10月13日～２０１９年３月10日）

小説家。東京府（現・東京都）池袋に生まれるが、疎開で岩手県一関市に永住。岩手県立一関第一高等学校を卒業後岩手銀行に入行、銀行員として勤務の傍ら小説を書く。１９７１（昭和46年）年、「雛人形」が雑誌『民主文学』に掲載されてから、同誌を中心に活躍。そこに連載した長編『深き流れになりて』で多喜二・百合子賞を受賞する。１９７６年から専業作家に。岩手の地域に根差した作品も多く、沢内村の医療制度を作品化した『村長ありき』が評判になる。

岩手日報社発刊『北の文学』編集委員・「いちのせき文学の蔵」会長を務め、17年度市勢功労者に。三好京三とは旧制一関中学校以来の交友があった。

２０１９年３月10日、多臓器不全のため奥州市内の病院で死去。85歳。

# 散りぎわの花

5月の連休に、亡くなった妻の生家（弘前市）に出かけ、途中で、弘前公園に寄った。

予想どおりソメイヨシノは葉桜となり、シダレザクラが散り残った花をつけているだけだった。見ごろの花といえばところどころにある小ぶりな八重桜だけだが、それでも花のない木の下で「花見客」が集い、その脇を観光客が行き交っていた。

散り残ったその花を見て、小沢昭一（1929～2012　俳優・タレント）のエッセイ集「散りぎわの花」（文藝春秋社）を思い出していた。彼は「散る」ということばを題材に2編書いている。その1編は『散る』だ。

『このことば、太平洋戦争で散った兵士の辞世の句、軍歌、軍国歌謡にやたらに出てくる。

自分も国のために散るのは当たり前として育った。「散れ、散れ」と言われたが、スレスレのところで散らずに敗戦になった。散り残ったその命を大切にしたい。生きていればこそ、と肝に銘じて生きてきた』

2編目は本の題名となった『散りぎわの花』である。

散る桜／残る桜も／散る桜

『「残る桜」の自分も、そろそろ「散る桜」だ。戦（いくさ）に散った兵士は、「散って甲斐ある命」と勝つために死んだ。散らせた連中への憎しみは消えないが、散った花にはひたすら頭を垂れる。彼らに比べ、だいぶ生かしてもらったから贅沢は言えないが、まだやりたいことがある。それを精一杯やることにしよう。できれば散る前に無垢だった幼いころに戻りたい』

どちらの作品も、先の戦争で「散った桜」の「死」を想い、「散り残った桜」の「生」を考える作品である。自分も散るはずだったが散らずにすんだ。散り残った命を大切にしようと肝に銘じ、人は誰でもいずれ「散る桜」なのだから、どんな時代にも悔いのないように生きたいと氏は言っている。

この句は、特攻隊員奥山道郎大尉が弟に残した遺書「散る桜　残る桜も　散る桜　兄に後続を望む」に引用されて知られるようになった。もともと江戸時代の僧侶で歌人の良寛和尚の辞世の句と言われている。今どんなに美しく咲いている桜でもいつかは必ず散る。人の命もしかり。それを心得ておくこと、の意であろう。

花見客に強い初夏の日差しが注ぎ、白シャツの背中がまぶしい。獅子頭を脇に置いて酒を酌み交わす円陣の集団がいて、太鼓を叩いて踊る集団もいる。その上に思い出したように花びら舞う。どこからか、太鼓と笛、鐘の音がする。あれは「お山参詣」のお囃子だろうか。津軽三味線の音も聞こえてくる。ときどき、かん高い歓声がわく。

そんな彼らをみていると、爛漫と咲くサクラの下でくり広げられる宴と違って、どこかむなしさが漂う。散り終わる花を惜しみながら、いずれは散る自分の「今」を謳歌しているのだろうが、むしろ、散った花を弔った後の法宴に見える。

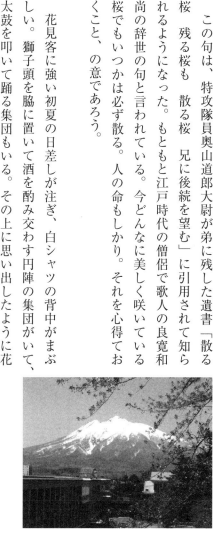

自分がこの歳になっても「散りぎわの桜」との自覚はない。いつまでも生き続けるような気で日々を過ごしている。たぶん、彼らもそうだろう。それは、小沢氏のような「理不尽な死」が身近にない時代に生きているからである。それを幸せなことだと思わねばなるまい。そう思えば彼らの騒ぎもほほえましく、時おり上がる嬌声も気にならない。

ひとり高台まで登ってきた。残雪を乗せた岩木山が花曇りの空に浮かんでいる。そこから渡ってくる涼やかな風が、汗ばんだ体に心地良かった。

《機関紙「春の風」平成27年6月号》

# あとがき

# 見る目・記憶する目

自分が綴った文章から、記憶の断片をつなぎ合わせれば自分の何かが見えてくるはずだ。そう思っていたが、現れたのは何の変哲もない平凡な過去だった。

私は昭和18年生まれだから、戦中も敗戦直後もほとんど知らない。知っているのは戦後の復興期から現在までである。そこに大きな社会変革があったわけでもない。だから変哲もない過去と言えばそうとも言える。

だが、この間、テレビも電話もなかった時代からコンピューター・人工知能の時代になり、医学もめざましい進歩をとげている。世界を見渡せるほどの情報が届き、流行（はやり）もめまぐるしく変わった。生活は便利になったが、新たな問題を孕む時代にもなっている。それを時代の進歩と言うのかもしれないが、はたして、社会も我々の生活も進歩していると言えるだろうか。豊かになった反面、失ったものも多い気がする。はたして、これからどうなっていくのか。

わが家は零細な兼業農家であった。母はいつも農作業に出ていたし、父も出社前の早朝と休みの日はいつも田んぼに出て夜遅くまで働いていた。5人兄弟の子どもたちは、いつも農作業を手伝わされていた。当時の農家はどこの家もそうであった。

子どもたちは集落の大人たちに見守られ、近所の子らと野原を駆け回り、林のなかに秘密の基地を作り、川で雑魚を捕って遊んだ。ガキ大将が率いる小集団で、悪いことも危いこともしたが、その中で規律を学び、遊びを考え出し、多くの知識を得た。娯楽はつけっぱなしのラジオだけで、童謡や歌謡曲、講談や浪曲もよく聴いていた。それが我々世代の平凡な幼年期だったのである。

確かに貧しかった。今のように便利な時代でもなかった。それでも、今よりものびのびと心豊かに育った時代だったと思う。

記憶というのは誰にも見えず、覗き見ることもできない不思議なものである。明瞭だったり曖昧だったり、歪められたり欠落したり。往々にして、ほかと入れ代わったりもする。同じものを見て経験したとしても、人によって記憶に残る人も残らない人もいるし、残っていても何を記憶しているかは人さまざまである。それは、その人の「心」を通して、その「思い」といっしょに記憶しているからである。「何を記憶したか」ではなく、「どう記憶したか」なのだ。脳裏に収まった記憶は容易に変わらないものである。

生きてきたこの70数年の間に、生まれ育った地も家族も、社会も大きく変わっている。だが、書いているものを読むと自分はなにも変わっていないように思える。それは自分の「目」が変わっていないからだ。今でも「見る目」は、若いころの「記憶する目」なのだ。過去と対比させるような文章を書いてしまうのもそのせいだろう。単なるノスタルジアかもしれないが、私に文章を書かせているのは、それが動機であることは間違いない。

今回も、出版は有限会社ツーワンライフ、表紙・扉のデザインは佐藤英雄氏にお願いした。いつも素敵な表紙を書いてくれた氏には特に感謝している。

刊行にあたり転載・画像の使用を許諾いただいた新聞社・出版社・団体・個人に対し、紙面よりお礼申しあげる。

野中康行

（2019年7月）

著者略　野中　康行（のなか　やすゆき）

昭和 18（1943）年　岩手県紫波郡紫波町生まれ

平成 4（1992）年　第 46 回岩手芸術祭県民文芸作品集・随筆部門優秀賞
平成 6（1994）年　第 47 回岩手芸術祭県民文芸作品集・随筆部門優秀賞
平成 14（2002）年　第 55 回岩手芸術祭県民文芸作品集・随筆部門芸術祭賞
平成 14（2002）年　第 17 回岩手日報文学賞・随筆賞佳作入賞
平成 15（2003）年　第 18 回岩手日報文学賞・随筆賞佳作入賞
平成 18（2006）年　第 1 回啄木・賢治のふるさと『岩手日報随筆賞』優秀賞
平成 19（2007）年　第 2 回啄木・賢治のふるさと『岩手日報随筆賞』優秀賞
平成 20（2008）年　第 3 回啄木・賢治のふるさと『岩手日報随筆賞』最優秀賞
平成 29（2017）年　2016 年度・岩手芸術選奨受賞

現　岩手芸術祭実行委員・「県民文芸集」随筆部門選者
花巻市民芸術祭文芸大会選者
文芸誌『北の文学』合評会世話人　文芸誌『天気図』同人
NPO 法人 野村胡堂・あらえびす記念館協力会理事

【現住所】　〒 020-0111　盛岡市黒石野 2 丁目 16-14

挿　絵　佐藤　英雄（さとう　ひでお）

昭和 25（1950）年　茨城県高萩市生まれ
昭和 48（1973）年　東京商船大学卒
昭和 50（1975）年　洋画家・藤井勉氏に師事
平成 12（2000）年　大手損害保険会社を退職
平成 13（2001）年　ホームページ・イラスト作成「WEBstudio310」を運営

【現住所】　〒 299-2221　南房総市合戸 170-2

# 随筆集「深層の記憶」

ISBN 978-4-909825-08-7
定価 1,637 円 + 税

発 行　2019 年 10 月 1 日
著 者　野中 康行
発行人　細矢 定雄
発行者　有限会社ツーワンライフ
〒 028-3621 岩手県紫波郡矢巾町広宮沢 10-513-19
TEL.019-681-8121 FAX.019-681-8120
印刷・製本　株式会社渋谷文泉閣